# ハル色の恋

小川いら

幻冬舎ルチル文庫

CONTENTS ✦目次✦ ハル色の恋



✦カバーデザイン＝清水香苗（CoCo.design）
✦ブックデザイン＝まるか工房

イラスト・花小蒔朔衣✦

# ハル色の恋

◆◆

「ああっ、彼女がほしい……っ」

大学の裏庭のベンチに座りながら缶コーヒーを飲みつつそう呟《つぶや》いたとき、隣にいた中学からの親友である杉浦洋次《すぎうらようじ》に後頭部を平手で叩《たた》かれた。

「善光《よしみつ》、いい加減にしろ。おまえ、そのセリフ今日だけで十八回目だ。念仏みたいに唱えているだけで彼女ができると思ってんのか？　だったら、俺なんか一日百回でも叫ぶぞ」

「じゃ、俺は二百回叫ぶ」

「そんなら、俺は三百回っ」

四百、五百と回数を吊り上げて不毛なやりとりをしていたとき、目の前を同じ講義を受けている学生が彼女連れで通りすぎる。たいした面構えでもなければ、身長も中学と高校のバスケット部で活躍していた善光や洋次よりも十センチ以上低い。

あえて自分たちよりいいところをあげるなら、人の好さそうな雰囲気と金を持っていそうなファッションくらいだろうか。あとは笑顔が妙にさわやかで、話術もそう悪くないのか隣の彼女がケラケラとよく笑っているあたり……。

「あんなんがいいんか、近頃の若い娘はよぉ」

「やめろよ。オヤジを通りこしてジジイっぽいよ、その言い方」

「おいっ、二時の方向から女二人連れ発見！」

「どれどれ？」

　さっきのカップルが通り過ぎた向こうからやってきた女の子二人を洋次が目ざとく見つけた。だが、善光が視線をやってみれば思わず親指が下がる。一人は体型が水平方向にあまりにも挑戦しすぎているし、一人は顔の造詣が個性的すぎる。つまりは、太りすぎだったり可愛くなかったりという意味だ。

「と思ったら、十一時の方向からスレンダーなモデル体型が一人」

「何っ？　本当かっ？」

　モデルという言葉だけに反応したが、ファッションセンスが少々過激だ。柄ものシャツに柄もののスカートを合わせて、さらに柄のジャケットを羽織り、柄の帽子を頭にのせている。コスプレかパフォーマンスかわからないが、到底隣に並んで歩く気にはなれない。

「うちは都内では一番のマンモス大学なのに、なぜ俺たちにぴったりの女がいないんだ？　高望みをしている覚えもないというのになぁ」

「おっ、今度は……っ」

　また洋次が新たな標的を見つけたらしく、ベンチに座ったまま手足をばたつかせているので、たいして期待もせずに顔を上げた。

「おっ。おお……っ」

ちょっとボーイッシュなタイプだが、色白でクリンと可愛い目をした素朴なファッションの子が一人で歩いている。これはいいかもしれない。善光がベンチから立ち上がりかけたら、その肩を押さえつけてもう一度ベンチに座らせた洋次が、空気銃で撃たれたクマのような瞬発力でその子に向かって駆けていった。

「クッソーッ！」

友情をかなぐり捨てた一瞬のスタートダッシュが運命を左右するのかと歯嚙《はが》みをしていたら、その子に声をかけた洋次がトボトボとうな垂れて帰ってくる。

「へへっ、彼氏持ちか？」

内心ざまぁみろと思っていたが、洋次は力なく首を横に振る。

「男だった……」

「えっ、そ、そりゃ、残念だったな……」

ボーイッシュな女の子だと思っていた子の後ろ姿をしみじみ眺めれば、きゅっと締まったお尻も可愛いから思わず溜息《ためいき》が漏れる。

もうこの際、男でもいいんじゃないかと言いそうになった言葉は呑《の》み込んだ。それを認めたら、自分も洋次もおしまいだとわかっているから。

それにしても世の中にはこんなに大勢の人がいて、そのうちの半分は女だというのに、なぜ自分だけの彼女が見つからないのか。そのへんでうろついている野良猫や池を泳いでいる鴨でさえ「番《つがい》」がいるというのに、もはやこれは神様が意地悪をしているとしか思えない。

（それとも、この俺自身に問題があるとでも？　無骨で俺よりぶさいくな洋次はともかく、俺にはきてもいいだろう、人生の春がよぉ……）

しょんぼり巨体を丸めて隣に座る洋次を見ながら、しみじみと胸の内で呟き溜息を漏らす。

このときはまだ己自身の諸々《もろもろ》を認めていない善光にしてみれば、なぜ自分にだけ春がやってこないのかが本当にわからなかった。

「というわけで、来週から我が家に留学生がやってきまーす」

四十をとっくに超えた母親が、小娘のように語尾を延ばすのを聞くたびに苛《いら》つくのは自分の気が短いせいではないと思う。なぜなら、善光の隣で父親も、豚肉のしょうが焼きを摘《つま》んだ箸《はし》を止めたまま苦笑を漏らしているからだ。だが、今は母親の口調よりももっと気になる言葉を耳にした。

「はぁ？　留学生？　何、それ？　俺、聞いてねぇし」

「あっ、そうね。言ってなかったものね」

しょうが焼きの横にある山盛りの千切りキャベツにマヨネーズをかけて食べている善光に、母親は涼しい顔で味噌汁《みそしる》をすすって答える。

「説明してくれ。というわけってどういうこと？　もしかして、親父は知ってたわけ？」

「当然だ。母さんと話し合って決めたことだ」

ということは、善光だけがカヤの外にされていたということだ。この家族の一員として、大変気に喰わない状況だ。

半年前に姉が嫁いでからというもの、善光はこの家の長男であるとともに、神田《かんだ》家の本家本筋の一人息子の跡継ぎだ。にもかかわらず、なんだか日々ないがしろにされている感じがするのは気のせいだろうか。しょうが焼きの肉の量からして、まだまだ食べ盛りの自分よりそろそろ食事制限をしたほうがよさそうな父親のほうが多い。

一人っ子政策を相変わらず推進中の中国なら、「王子様」の扱いを受けてわがまま放題のはずが、日本に生まれたばかりに俺は不遇な目に遭っていると嘆く横で、両親は来週からやってくるという留学生の話に夢中だ。

「綾子《あやこ》の部屋を空けっ放しにしていてもしょうがないものね。それに、母さんも英語を覚えたいのよ。一緒に生活していればきっといろいろ覚えるでしょう。そうしたら、徳田《とくだ》さんの奥さんとハワイに行こうと思っているのよ」

「父さんも最近は英語の書類とかメールとかが多くてな。部下にばっかりまかせていられないし、ちょっと勉強しないとまずいかなって思っているんだ。というか、いっそ添削とかしてくれると助かるんだけどな。そういうの、頼んでもいいのかなぁ」

嫁いだ姉の部屋の有効活用を兼ねて、最近主婦友達と海外旅行に出かけるのが趣味になっている母親の目論見《もくろみ》と、会社で押し寄せる英語の必要性の波に呑み込まれそうな父親が企《たくら》んだのが、アメリカからの留学生のホームステイの受け入れということらしい。

「まぁ、俺には関係ないから勝手にすれば」

そう言い放ったところで、母親と父親がキリッとした表情になりこちらを見る。

「何を言ってるのよ。これはあなたのためでもあるのよ」

「そうだぞ。これからの社会じゃ英語は話せて当たり前だ。おまえは機械工学部を出て技術者になるつもりかもしれないが、それでも英語は必要だぞ」

でも、留学させる金はないから、やってきた留学生と仲良くして英語を覚え、二流大学卒業の肩書きに少しでも色でもハクでもつけてしっかり就職しろという意味らしい。

こういう短絡的な考えで生きている親から生まれた息子が、将来を見据えた利口で勤勉な真似《まね》ができると本気で思っているのだろうか。

そんなことより、面倒をまかされることになりそうな予感に善光は大いにごねた。

「何言ってんだよ。俺だって忙しいんだよっ。大学にバイトに……」

このあとにはぜひ「彼女とデート」と続けたかったが今のところそれはない。

「それだけでしょ」

「それだけだろ」

母親と父親はほぼ同時にそう言うと、留学生の世話は善光にまかせると笑った。

「い、いや、無理だから。俺、マジで英語とかできないし、青い目金髪アレルギーだし、洋画より邦画ファンだし、それに……」

善光があれこれと言い訳を探していると、父親が母親に向かって茶碗を差し出す。

「母さん、お代わり」

「もうすぐ会社の健康診断があるんじゃないの？　コレステロールとか中性脂肪とか、大丈夫なの？」

「平気だよ。昼は社食で月見そばしか食べてないから」

「その卵が危険なんでしょう」

完全に善光の話なんか聞いてはくれない。息子が生まれて十九年、まともに彼女がいなかったという現実を両親はどう思っているのだろう。

このまま三十近くになれば、「彼女の一人もいないのか？」とか「そろそろ結婚しないの？　長男なのにどうするの？」などと言い出すに決まっているのだ。

だが、ここで拳《こぶし》をテーブルに叩きつけてそれを訴えたところで激しく虚《むな》しいだけだ。そんなことをしたら、「俺という人間は、彼女の一人もできないどうしようもない男です」と宣言しているも同じことになる。そこまで馬鹿ではないつもりだし、明日にでも人生の春がやってくるかもしれないのだ。

夕食を終えた善光は二階の自分の部屋に行き、そろそろ春の陽気を感じさせる夜に窓を開け放つ。そして、夜空を見上げて思うのだ。

きっと世界でたった一人の自分だけの誰かがいるはずだ。そう信じているから、善光は都会の夜空で鈍く瞬《またた》く星に祈る。春よこい。今すぐこい。俺のもとへこいと。

（あっ、洋次のところへは俺のあとでいいですから……）

親友のことも思い出して、つけ足しで祈るのはささやかな友情だ。そのとき、夜空に流れ星が走ったような気がした。が、よく見ればどこかへ向かう飛行機のライトだとわかる。

一瞬とはいえ興奮して、「おおーっ」などと心の中で声を上げていた自分に照れて窓を閉める。この調子では、まだまだ人生の春は遠そうだった。

◆◆

成田国際空港という名だが、どこが国際的なんだろうというくらいの手狭さだ。

本当に海外からの有名なアーティストや要人がこんなところを通るのかと案じるくらいのスペースしかないそこは、せいぜいが地方の新幹線の駅のコンコースほどの広さだ。あとで知ったことだが、有名人や要人はちゃんと別のゲートがあってそこから出てくるらしい。だが、善光が待っているのは有名人でも要人でもない、ただのアメリカからの留学生だ。

本当なら母親が迎えにくる予定だったのに、なぜか善光が「Welcome Cris Bennett」と書いた紙きれをもってゲートの前で立っている。

『ごめんね。町内会の会長さんの奥さんが急に亡くなられたのよ。ほら、長患いされていたあの人。会長さんにはお世話になっているから、告別式には出席しないとね』

ということで、母親は喪服に着替えて出かけていった。平日だから、父親は当然ながら会社だ。夕刻のこの時間、手が空いていたのはちょうど講義がなくて家でゴロゴロしている善光だけだった。

面倒はいやだと言っただろうという言葉は、母親が目の前にちらつかせた「ニンジン」によってあっさりとフェードアウトした。

それは、バイト代を払ってもいいという言葉。新しいバイクがほしい善光はせっせとバイトに精を出しているが、イベント関連の単発のバイトなので講義などで都合が合わないときは入れない。本当は定期的なコンビニや居酒屋のバイトに変えたいが、理系の学部にいるとどうしても外せない実験などがあって、二流大学のわりに忙しいのだ。

また、我が家の方針として実家で暮らしているかぎり、授業料以外は面倒みないということになっているので小遣いはバイト代でまかなわなければならない。バイクがほしくても、なかなか頭金さえたまらないというのが厳しい現実だった。なので、普段はヒモがきつく縛られている母親の財布が緩むチャンスを見逃す手はなかった。

ゲートで案内表示を見れば、飛行機は予定通り到着している。入国審査や荷物の受け取りとかで三十分くらいはかかるだろうか。

まだ見ぬ留学生を待ちながら、善光は腹の中でどうせなら女の子をホームステイさせてくれればよかったのにと思っていた。金髪碧眼《へきがん》の可愛い子が優しく英語を教えてくれたら、一週間でペラペラになれそうだ。でも、姉が嫁いで息子しかいない家に、年頃の女の子を招くのはよろしくないという考えで、善光と同じ歳《とし》の男子学生を迎えることにしたという。

（男なんか、使い道ねぇし……）

はなから英語の勉強などどうでもいいから、男子学生にはなんの興味も期待もない。だが、ふと考えてみた。もしその留学生というのが、イケメンなら連れて歩くだけで女の子が振り向くかもしれない。合コンに連れていけば、女の子を釣るための餌にできるんじゃないだろうか。

金髪のイケメンを生餌《いきえ》に、女の子が入れ喰い状態などという妄想天国に鼻の下を伸ばしているうちに時間が過ぎていたが、まだそれらしき人物は現れない。

「いないなぁ。アメリカ人の学生風……」

もしかして、とっくにゲートを通り抜けていてすれ違ってしまったのだろうか。そう思って振り返って周囲を見渡そうとしたときだった。

「あの～」

か細い声が背後からして、腰のあたりが指先らしきものでツンツンと突かれた。なんだろうと振り返ったが、そこには誰もいない。頭の中で？マークが飛んだとき、もう一度下のほうから心細げな声がした。

出迎えのための名前を書いた紙を持っていたので見えてなかったが、その紙をどけて少し俯《うつむ》くとそこにはにっこり微笑《ほほえ》む日本人の少年がいた。まったく見知らぬ少年だ。

「あの～、カンダさんですか？」

ちょっと訛《なま》っているようなので、どこか地方から千葉の巨大遊園地に遊びにやってきた男子高校生だろうか。迷子にでもなって道を聞きたいのかと思ったが、何かおかしい。

ただの迷子がなんで自分の苗字を知っているのだろう。善光がすっかり混乱していると、その少年は善光の持った紙を見て、途端にパァッと明るい笑顔になった。

「はじめまして。僕、クリス・ベネットです。今日からよろしくお願いします」

大きなスポーツバッグを斜めがけにし、その横には自分の体が入りそうなくらい大きなス

Welcome
Cris Bennett

ーツケースを持った少年がペコリと頭を下げる。一瞬の間を置いて、善光が叫んだ。

「嘘だっ！」

「えっ、う、嘘じゃありません。僕、クリスです」

想像していた、女の子が目をハート形にしそうな体格のいい金髪碧眼の美青年などどこにもいない。目の前に立っているのは、そんな要素など何一つ備えていない、黒髪と黒い目のどこから見ても日本の高校生男子といった少年。

おまけに、小さい。善光が見下ろすほどだから、おそらく百六十五くらいだろうか。目はクリンとして色白で、唇は赤く少女じみた愛らしさはあるが、これはいったいどうしたことだろう。これでは善光の計画にはまったく役に立たないんじゃないだろうか。

（オー・マイ・ゴッド！）

思わず下手な英語で内心呟いた。そして、額を押さえ込む善光に、クリスはまだ信じてもらえてないのかもしれないと、懸命にパスポートの写真の部分を開いて見せる。

「ほら、ここ。写真と同じでしょう？　だから、僕クリスです」

その写真がまたいつ撮ったのか知らないが、馬鹿みたいに可愛いのを見て盛大な溜息が漏れた。

『どうしたらいいんだ。この状況はおもしろいのか、どうなんだ?』

自宅への道のり、空港からのリムジンバスの中でクリスが日本の高速道路のつまらない景色にも感動している。その横で善光が携帯で洋次にメールを送ったら、返事はすぐにきた。

『自分で考えろ。人はしょせん皆一人で生きていくものだ』

中学時代から同じバスケ部の釜の飯を喰いつつ、大学生になった今も金のないときは学食でラーメンをおごってやり、講義をさぼったときには代返をしてやり、ともに助け合ってきた親友の言葉とは思えない。そういえばこの間もいい女がいたと思ったら、善光を押さえつけて先に走っていった。

(ありゃ、結局男だったけどな……)

いずれにしても、留学生が若い女ではないと知った時点で、洋次にとってはどうでもいい話に成り下がっているのだ。世間一般的に女の友情はないと聞くが、男の友情も危うい時代なのかもしれない。

リムジンバスとタクシーを乗り継いで自宅に着いてみれば、町内会会長の奥さんの告別式から戻っていた母親が、クリスのほうを実の息子のように抱き締めんばかりに出迎えていた。

本当の息子である自分の立場はどうなるんだと言いたいが、それはよけい惨めになるのでやめておいた。そして、姉の部屋を使うようにと案内して大きなスーツケースを運んでやったところで、母親から臨時の小遣いの五千円をせしめつつ、今頃になってクリスがどういう素性なのかを聞いてみる。

「あれ、どう見ても日本人だけど、どういうこと？」

「それも言ってなかったかしら。クリスくんはご両親ともに日本人だそうよ。ただし、サンフランシスコ生まれのサンフランシスコ育ちで、彼は生粋《きっすい》のアメリカ人なんだけどね。両親の国の文化や言語に興味を持っていて、大学では日本文学を専攻していたんですって。今回の留学は古典文学を勉強するためっていうから、あんたも英語を教えてもらう前に日本語を教えてもらえば？　いくら理系だからって、あんたと会話していると、ときどき日本語の未来が心配になるわ」

大きなお世話だと言いたかったが、そこへ父親がいつになく早く帰宅したかと思ったら有名店のケーキのお土産までぶらさげていた。

夕食はしゃぶしゃぶでクリスの歓迎会となり、両親はすっかり頬《ほお》がほころんでいた。

「クリスくんは本当に日本語が上手ねぇ。これなら、三ヶ月間安心だわぁ。なんでも心配なことやわからないことがあったら言ってね」

「それにしても、T大学の院生っていうから本当に優秀なんだなぁ。古典文学なんて日本人でも読めない、読まないっていう昨今なのになぁ」

英語を教えてもらうという最初の計画はすっ飛んで、両親はさっきからずっと日本語で話している。そればかりか、クリスの容貌がハムスターのように可愛いことに完全に心が奪われている様子。

日本人の可愛いもの好きは筋金入りだ。なにしろ「カワイイ」という単語を、意味もそのままに世界に輸出するくらいなのだ。

そして、それこそが善光がもてない理由に直結しているともいえる。無駄に育ったと言われるでかすぎる体と、不必要にまで睨《にら》みのきいた目つき。若干鷲鼻《わしばな》気味なのはとっくに亡くなっている爺さんに似ているらしく、口も握った拳が入るくらいでかい。ようするに、何もかもが「可愛い」から正反対の善光なので、食卓で隣同士に座ると完全にクリスの引き立て役に成り下がっている。

「それで、クリスくんは……」

母親があれこれとクリスのことを聞いているとき、彼が少し申し訳なさそうにその言葉を遮った。

「あの、ミセス・カンダ……」

「あら、『お母さん』でいいのよ。ここにいる間は、本当のお母さんだと思ってちょうだいね」

「そうそう。俺も『お父さん』でいいからね」

両親の言葉にクリスはにっこり笑って言葉を続ける。

「わかりました。ありがとうございます。それじゃ、お父さん、お母さん、僕は日本にいるときは『クリス』ではなくて、ミドルネームの『ハル』と呼んでほしいです」

上手に箸を使いながら、とても巧みだが少しだけ訛りのある日本語でそう言った。

「あら、そうなの？　じゃ、ハルくんね」

「ハルくんもいいね。日本人の名前みたいだ」

両親は彼の言葉を深く考えずそう言って、「クリス」ではなく「ハル」の顔を見てニコニコ笑っている。善光だけは滅多《めった》に口に入らない高い牛肉のしゃぶしゃぶを頬張りながら、なんで「クリス」じゃないんだと思っていた。どうせなら日本に溶け込みたいとかそういう気持ちだろうか。よくわからないが、ハルがそう言ったとき何か彼なりのこだわりがあるらしいことはぼんやりとわかった。

でも、そんなことはどうでもいい。母親の話だとハルのホームステイは夏休みまでの約三ヶ月の予定だという。ただ、食卓では肉をがっつくので忙しかった善光が一度だけ「んっ？」と思ったのは、父親が言った「院生」という言葉だ。

（院じゃないだろう。俺と同じ歳なんだから……）

そんなこともわからなくなっているなら、父親こそハルから日本語を習えと言ってやりたい。が、実は、父親は間違っていなかったと知らされたのは翌日のことだった。

その日の朝も母親にバイト代を「ニンジン」のようにぶら下げられて、悲しい役馬と化した善光はハルを彼の大学まで送っていくことになった。

善光など一生足を踏み入れることのない国立T大学に行くだけでもちょっとした屈辱なのだが、ハルはそこの正真正銘の院生だったのだ。

「アメリカには学年を飛ばして進級できる制度があるんです。僕はそれで十五歳でハイスクールを卒業して、十六で大学に入りました。大学の単位も昨年末にすべて取れたので、日本の院に編入申請をしたらとりあえず三ヶ月の研修生として受け入れてもらえるということになりました」

その説明を聞いて、地味に頭を抱えてから落ち込んだ。同じ歳なのに自分が二流大学の二年で、片やすでにアメリカ有名大学を卒業して日本の院生。それも、アメリカ人のくせに日本文学を専攻しているという。

もちろん、世界のどこのどなたが日本文化に興味を持ち、日本文学をより深く研究してくれてもかまわない。だが、しかし……。

(なぜ、それがうちにくる……?)

日本語は流暢《りゅうちょう》だが東京の交通機関に不慣れなハルが、付き添いの善光に恐縮したように言う。

「面倒をかけてごめんなさい。一人でも大丈夫だと思うんですけど……」

東京都内の電車の路線図や、切符の買い方、ホームステイ先から大学までの行き方もすべてネットで調べてきたというが、一つだけ彼がネットでも予測できなかったことがある。

ハルは朝のラッシュ時の電車を待つホームの人の波に、もとより丸い目をさらに丸くして驚いていた。そして、半ベソをかいたような顔で訊《き》いた。

「あ、あの、これで大学には時間どおり着けるんでしょうか？」

「問題ない。さぁ、行くぞ」

善光はそう言うと、ハルの腕を引いて満員電車の車両に乗り込んでいく。

「ひぃぃぃぃ……っ」

人の渦に呑み込まれ、小動物の赤ん坊が人間の手で捻《ひね》り潰《つぶ》されたかのような声を上げていた。それを見て、善光は慌てて彼の手首を握り自分の胸元へと引き寄せてやる。そして、腕の中でささやかな空間を作って守ってやると、ゼィゼィと本当に溺《おぼ》れていた子どものように涙目で荒い呼吸を繰り返している。可哀想《かわいそう》だが、なんだか可愛い。これは確かに守ってやらなければという気持ちにさせられる。

「おい、大丈夫か？」

「あっ、は、はい。平気ですぅ」

まったく平気じゃないのは一目瞭然だ。まるで水槽のポンプが止まり、呼吸困難になった金魚のように口をパクパクさせていたが、善光のシャツの胸のあたりをぎゅっと握り締めながら頑張っている。

華奢《きゃしゃ》な体と小さな頭。こうして抱き締めて脳天を見下ろしていると、貧乳の女の子を抱き締めているような感じがする。

（ああ、いいなぁ。この際おっぱいの大きさにはこだわらん。女の子をこういう感じでもっとぎゅっとしたら気持ちいいんだろうなぁ……）

妄想しているうちにハルをぎゅっと抱いていたが、間もなく下車予定の駅に着くというアナウンスが流れてハッと我に返る。ハルはといえば、善光の腕の中でなぜか頬を赤くしてもじもじとわずかに身を捩《よじ》っている。この状態がさぞかし心地悪いのだろうと思い、一声かけてやる。

「次の駅だから、もう少しの辛抱だ」

「降りられるんでしょうか？」

ハルが心配そうにたずねるので、当然とばかり停車した電車のドアに人の波とともに突進する。

「はわぁ～。ふぃーりん・らいく・いん・ざ・わぉっしぃんぐましーん！　のぉぉぉぉ～」

英語でよくわからない悲鳴を上げているハルをホームに引っ張り出してやると、そこでしばし呆然《ぼうぜん》と立ち竦んでいた。こんな状態で明日から一人で通学できるのだろうか。

かといって、毎朝のように付き添うわけにもいかない。とりあえず、駅から大学までの道のりを教えておくことにして、改札に向かうとハルが感心したように言う。

「すごいですね。日本の公共交通機関はとても時間に正確だと聞いていましたけど、本当にちゃんと時間どおりだ。ただ、満員電車は噂以上でしたけど……」

日本人にしてみれば当然すぎることも、ハルには充分驚きに値するらしい。だが、のんびりホームを歩いていたら、次の電車が到着してまた人ごみにもみくちゃにされてしまう。

ハルを促して駅の外に出ると、そこから大学までハルは東京のど真ん中の風景をおのぼりさんよろしくキョロキョロと見ながらついてくる。

「そんなに珍しいのか？　日本が初めてってわけでもないんだろ？」

本人はアメリカで生まれ育って、完全にアメリカ国籍とはいえ、両親が日本人ならこれまでに里帰りくらいしたことはあるんじゃないだろうか。そのことをたずねると、ハルは少し寂しそうに首を横に振る。

「僕の両親は結婚に反対されていて、それでも一緒になるためにアメリカに行ったんです。その後、僕が生まれてから十年ほどして、実の父親が死んでしまったりといろいろとあったので、母親もアメリカに渡ってからは一度も日本に帰ってきたことがないです。だから、僕もこれが正真正銘、生まれて初めての日本です」

「そ、そうなのか」

なんだかそのときは、彼の家族についてあまり深く聞かないほうがいいような気もした。どこの家庭でも、何かしら事情というものはある。少なくとも善光にはそういうことに首を突っ込むような好奇心はない。

「でも、想像していたとおり、すごい街です。なんだか歩いているだけでワクワクします」

「サンフランシスコも大きな街だろう？」

ハルは頷《うなず》く。同じように海に面した大きな街で人口も多いという。それでも、ハルは自分のルーツがここにあるのだということにとても興奮しているようだった。そういう感覚は、生まれてずっと日本で育った善光にはわからないものだった。

「さてと、ここからが大学だ」

赤い門の前にきて言うと、ハルはその少々古びた門を見上げる。

「ああ、これが有名な赤い門ですね」

「ここから先は、日本中のお利口さんが集まっているってことだ。ということで、俺は自分の大学へ行くから。携帯電話は持ってるな？　なんかあったら母ちゃんに電話しろよ。じゃな」

そう言って門の前にハルを残していく。拗《す》ねたところでどうしようもないが、同じ歳だというのに自分は二流大学の機械工学部の落ちこぼれ。片やハルはT大学の院生だ。見た目は大人と高校生くらい違うのに、頭の出来がまったくその逆かと思うと情けなくて、とてもじゃないが日本の最高学府に足を踏み入れる気分にはなれなかったのだ。

（まぁ、こいつも見た目と違って子どもじゃないんだし、頭は俺よりずっとよくできているんだから大丈夫だろう。日本語もうまいしな……）

それに、日本にいる間使えるようにと、プリペイドの携帯電話も母親から持たされているから、いざとなれば家に電話して助けを求めることもできる。

自分がおせっかいなまでに面倒を見る必要もないなどと思いながら、一応門を潜《くぐ》っていったか確認しようと振り返ってぎょっとした。ハルがまだちょこんとそこに所在なさげに立っていて、こちらを眺めているのだ。

「えっ？　なんで？」

振り返った善光の姿に気づくと、ハルは引きつった笑みを浮かべて力なく手を振っている。それはまるで帰っていく親を心細げに見送る幼い子どもの姿だった。ハルの横を現役の学生たちが通りすぎていく。誰もがハルより大きく、女子大生でさえ堂々として物怖《ものお》じしていない。当然だろう。自分の大学に行くのに、おどおどしている者など普通はいない。

考えてみたら、ハルは昨日日本に着いたばかりだ。十九歳だし日本語はできるし、見た目は日本人とはいえ、実際はアメリカ生まれのアメリカ育ち。初めてやってきた国で右も左もわからず放り出されたら、不安に思うのも仕方がないだろう。

善光はきびすを返して門のところまで戻っていく。すると、ハルが驚いたように目を見開いて訊く。

「あ、あれ？　どうしたんですか？」

どうしたじゃないだろうと言いたい言葉を呑み込んで、彼の手を取るとそのまま大学内へ引っ張っていく。細い手首を握っていると、ハルを一人で置いていこうとした自分が何かひどい真似をしたような気持ちになる。

ハルにかぎらず守ってやらなければならない存在があるなら、捨ててはおけないと思うのだ。それは小さい頃からずっとそうだった。べつに両親からそういう特別な信念でもってしつけられたという記憶もないが、これが自分の性分なのだろう。

小学校の頃からクラスで苛《いじ》められている奴がいたら積極的に一緒に遊んだし、苛めている奴がいたら自分より体が大きい奴でも文句を言って喧嘩《けんか》をした。先生に叱られても自分が正しいと思ったことは曲げなかった。

中学のときには洋次という心強い親友ができて、くだらない苛めなんかしている奴とは徹底して戦った。とにかく、強い奴が弱い奴を守るべきだという信念だけはいつも自分の中に揺るぎなくある。

親や親族にはよく、亡くなった父方の祖父に似ていると言われる。軍人だったという爺さんは、当時の日本人としては長身で、目鼻立ちもずいぶんと険しかった。それは、写真を見てもそう思う。

と同時に、その時代らしくものすごく「男尊女卑」な考えの持ち主だったらしく、祖母の苦労は相当なものだったと聞いている。

そんなところが似ていると言われるのは心外だが、とにかく曲がったことが嫌いで自分より強い者にも理不尽だと思えば喰ってかかるような人間だったらしい。

「あの、善光くん、大学はいいんですか？」

「俺のことはいい。それより、学生課まで一緒に行ってやるよ」

「僕なら平気です。人に聞けば道もわかると思うし……」

「いいんだって。どうせ今日の講義は二時間目からだから」

二時間目は実験ではなくて第二外国語だから、もし遅れたとしても誰かにノートを借りればいい。振り返って手を引っ張っているハルを見ると、さっきまでとは違いあきらかに安堵《あんど》の笑みを浮かべている。

やっぱり、心細かったのだ。こいつを置き去りにして行ってしまわなくてよかった。善光はそう思いながらも、日本の最高学府の中をいささか心地悪く歩くのだった。

◆◆

大学なんてものは国立だろうが私立だろうが、一流だろうが二流だろうがどこでも似たようなものだ。

ハルを学生課に連れていって事情を説明したら、係りの人がそのあとの案内を引き受けてくれた。ハルはいまどきの日本人でもそこまで丁寧にお辞儀はしないと思うくらい、何度も善光に頭を下げて礼を言った。

なので、つい帰りも迎えにくるからあの赤門のところで待っているようにと言ってしまった。

「その馬鹿がつくくらい律儀な性格、きっと一生もんだな」

「褒めてんのか、けなしてんのか？」

結局二時間目の第二外国語の講義に間に合わず、学食で洋次にコピーを取らせてもらったノートを返しながらのいつもの会話だ。

「褒めるところかけなすところか微妙だな。おまえって、単純なのにそういう微妙な要素がいろいろあって、案外面倒な男のような気がする」

「気がするって……。中学からのつき合いのおまえにそんな言われ方をしたら、俺は自分を見失いそうになるだろうがぁ」

実際、見失いそうで怖いと思ったのは、約束どおりハルをまたT大学の門まで迎えにきたときだった。ちょっと遅くなってしまったので急いで赤門の前に駆けつけてみれば、そこに女子大生の輪ができている。

近頃は国立大学に行けるのは頭がいいだけではなくて、金持ちの証拠という話がある。ようするに、塾やら家庭教師やらにそれだけ金をかける余裕のある家という意味らしい。

その一団も最高学府の女学生とはいえ、勉強一筋などという雰囲気は微塵《みじん》もなく、誰もがファッションに充分金をかけていてお洒落《しゃれ》だ。

そんな彼女らを横目にハルの姿を探していると、一斉に「キャー、可愛いっ」などと何かに向かって叫んでいる。輪になってファッション雑誌でも見ているのか、あるいは携帯のディスプレイでアイドルの画像でも見ているのか知らないが、黄色い声を上げているのを聞けば頭のデキはよくても女はやっぱり女だと思う。

べつに深い意味もなければ、悪い意味でもない。女というのは、そんなふうに可愛いものに現《うつつ》を抜かしているからいいのだ。か弱くてひ弱でいてくれれば、男子としても守り甲斐《がい》もあろうってもんだ。だが、そんなことを口にしようものなら、「どんだけ封建主義？」とか、「いつの時代の話？」とか言って馬鹿にされるから黙っているだけ。

なにしろ、軍人だった爺さんに似ているのは伊達《だて》じゃない。

（俺だって、知ってんだよ。本当は女のほうが強いってな。うちの母ちゃん見てりゃわかるってぇのっ）

などと腹の中で呟きつつ遠目に彼女たちを眺めていると、そんな女子学生の間からひょっと可愛い顔が飛び出した。その途端、善光がまた心の中で呟く。

（うわぁ、本当だ、カワイイ～ッ……って、待てよっ）

それは他でもない、自分が迎えにやってきたハルだった。一瞬、己を見失ったかのように「可愛い」と見とれてしまうなんてちょっと不覚だ。

なぜ女子学生に取り囲まれているのかわからないが、輪の中から善光の姿を見つけると彼女たちにペコリと頭を下げてこちらに向かって駆けてくる。

「ハルくーん、また明日ねぇ」

「明日も一緒にランチしようね」

華やかなファッションに身を包んだきれいどころから口々に声がかかり、ハルは善光のそばで振り返り彼女らに手を振っている。

「あの、彼女らは？」

「今日、大学で知り合って仲良くなりました」

「あっ、あ、そう……」

と頷きつつも、善光の胸の中は複雑だ。自分など幼稚園の頃から、帰り際に女の子に手を振られて「また明日も遊ぼうね」などと言われたことがない。

あるとすれば、小学校時代に苛められていた男子の同級生に「明日も遊んでくれる？」と涙目で言われたくらい。それも、善光と遊びたいというより苛めっ子から守ってほしいという意味でだ。

あとは、中学のときにやっぱり苛められていた男子に毎朝家の前まで迎えにこられていたくらい。それももちろん、通学途中にカツアゲに遭わないよう守ってほしいという意味でだった。

女の子たちと明日のランチの約束を取りつけているハルは、案じるまでもなくたった一日で大学のアイドルになっていたらしい。心の底から羨《うらや》ましい。妬《ねた》ましい。腹立たしい。でも、可愛いから無理もない。結局、そこに落ち着いてしまう。

「あのさ、大学は楽しかったのか？」

彼女たちに背を向けて駅へ歩き出したとき、善光が何気なく訊いてみた。

「はい、とっても。院の教授もいい人で、偶然にも僕がサンフランシスコで通っていた大学に留学経験もある人だったんです。助手の講師の方も優しい人で、彼も英語がとっても上手なんです。でも、僕のために日本語で話してくれていて、面白い本もたくさん薦めてもらいました」

その本のリストを携帯の画面にわざわざ出して見せられても、理系の善光にはさっぱりわからない。それでも、ハルが楽しかったならそれでいい。

大学初日の出来事を興奮した様子で逐一話して聞かせる様子は、まるで迎えにきた母親に友達のことを一生懸命話す幼稚園児にも似ている。そういう姿を見ていると迎えにきてよかったと思ってしまうし、この素直な生き物はやっぱり守ってやらなければと思う。

そのとき、洋次の言葉が脳裏を過《よ》ぎる。

『その馬鹿がつくくらい律儀な性格、きっと一生もんだな』

多分、そうなのだろう。そして、洋次の言うように、自分という人間は単純で複雑なのかもしれない。祖父のように真っ直《ます》ぐに続く目の前の道しか見えていないようで、案外心は思いがけない方角へと移ろってしまう。

「えっと、明日も送っていってやるからな」

「えっ、いいんですか？　善光くんの講義は？」

「大丈夫だ。一時間目は休講になった」

大学を出てハルを迎えにいく途中にメールが入り、明日の一時間目が教授の事情で休講になったと知ったのだ。毎日のように送り迎えなどできるわけもないし、満員電車に慣れるのもハルにとっては経験のうちとはいえ、今朝の様子を思い出すとちょっと心配だ。

せめてもう一日つき合ってやってもいいだろう。ついでに、母親から臨時の小遣いがもらえたらなおいいかもと思っていたが、それは神田家の家庭内事情なのであえてハルには言わないでおく。

最初に彼を出迎えにいったときの目論見はすでにどこかに消えていて、とりあえずこの三ヶ月間というものハルが楽しく日本で学べればそれでいい。

日本人だろうがアメリカ国籍だろうが、関係ない。ようするに、強い者が弱い者を守ってやればいいだけだ。頭の出来の問題だけではなくて、世の中にはいろいろと大変なことがあるのだ。少なくともそういう厄介ごとにハルが巻き込まれることのないよう、善光は助けてやりたいと思ったのだった。


ハルがやってきて二週間が過ぎた。

最初の数日は大学までの送り迎えをしてやっていたが、院ともなれば必ずしも一時間目の講義ということもなく、ハルは一人で大学に通うようになっていた。

だったら、善光とハルの接点は同じ屋根の下にいてもそれほどないかといえばそうでもない。

「英語のエッセイの添削、できましたよ」

必須科目の第一外国語の英語の単位を落したら、いくら理系でも即アウト。進級の道がとざされる。だが、ハルが我が家にやってきてからというもの、善光の英語のレポートは完璧だ。

そればかりではない。どうでもいいけれどフランス語やドイツ語よりましだろうと選択した第二外国語のスペイン語は、ハル自身も大学二年のときの選択科目で取っていたという。

もっとも、彼の場合大学二年といっても十七歳のときの話だ。

サンフランシスコの大学ではヒスパニア系の友人も大勢いたので、ハルはスペイン語も日常会話程度なら問題なく話せる。日本の二流大学の第二外国語のスペイン語など、英文法でいうところの「This is a pen」レベルなので、これもまたハルの世話になることになった。

こんな形で両親以上にハルの語学力の恩恵を受けている善光としては、自分にできることで何か恩返しがしたいと思っていた。

「今度の日曜日だけど、バイトも入れてないし、観光案内とかしてやれると思うけど、どっか行きたいところあるか?」

善光が訊くと、ハルは一度自分の部屋に戻り目をキラキラと輝かせてガイドブックを持ってきた。

浅草下町コースでも、東京スカイツリーコースでも、秋葉原おたくコースでも、この際つき合う覚悟でいた。が、ハルが持ってきたガイドブックは鎌倉だった。

「ああ……、鎌倉ね」

ここも確かに外国人には人気のスポットだ。そして、都内在住の若者にとっては、東京近郊のデートスポットでもある。

「武士が初めて政権を取って幕府を開いたところですよね。ぜひ見たいです。ここがサムライの国のルーツでしょう?」

「まぁ、そうかな」

などと曖昧《あいまい》に返事をしながら、理系の善光にしてみれば日本史は高校二年のときに赤点を取って以来、人生から抹殺したジャンルだ。

（イイクニツクロウ、カマクラバクフ……）

かろうじて覚えている歴史の語呂合わせを脳裏で唱えてみたが、万一にもハルに詳しい説明を求められたらと思うと不安だ。

「鎌倉幕府は一一九二年にできたと言われていますけど、本当は一一八五年には幕府の体制はほぼ整っていたんですよね。平家が滅亡した年ですし……」

一瞬で善光の知っている知識は意味をなさなくなった。これはピンチだ。というわけで、当日になって急遽「助っ人」を呼んでみた。

「こいつは俺の親友で、洋次っていうんだ。鎌倉のこともそこそこ詳しいから、なんでも聞いてやってくれ」

善光に紹介されて、ハルはいつものように丁寧に深々とお辞儀をしている。その数秒間に洋次は善光の胸倉をつかんで、声にならない声で言う。

『おい、こら。これって、どういうことだっ？』

無理もない。可愛い子にお願いされてひょんなことから鎌倉案内に行くことになったが、歴史オンチの自分には自信がないからついてきてくれないかと誘ったのだ。ホームステイの留学生の観光案内であることは意図的に伏せておいた。

洋次の性格からして、「可愛い子」という部分しか聞いていないはず。そして、彼の脳裏の中で「可愛い」＝「女の子」と変換されていたはずだ。おまけに、洋次の歴史の知識は善光に毛が生えた程度。覚えたことのほとんどは戦国バトルゲームからだろう。なので、ハルが頭を下げている間の無言の抗議も当然だ。

だが、善光が答える前にハルが顔を上げてにっこりと小首を傾《かし》げて微笑んだものだから、洋次はすぐさま胸倉をつかんでいた手を離しそそくさと案内に立つ。

（チョロイぜ……）

洋次が善光のことを「馬鹿がつくくらい律儀な性格」というように、彼もまたそんな善光と友人関係を続けてきた同じレベルの「単細胞のお人好し」なのだ。

おまけに、可愛いというだけで男にもすっ飛んでいって声をかけるような人間だ。ハルの可愛さにほだされないわけがないと思ったら、案の定で内心ほくそ笑む。

これで少しばかり厄介ごとの手間が省けた。それこそが洋次を誘った目的だった。が、なんでだろう。

（なんか、俺、つまんないんっすけど……）

洋次だって善光と同じ理系馬鹿だ。なのに、ハルのためだか己の見栄のためだか知らないが、鎌倉へ行く途中の乗り換え駅の構内にあった本屋でちゃっかりと「鎌倉案内本」を購入し、それを隠れて読んではこれ見よがしにハルに説明している。

ハルといえばそんなありきたりな観光ガイドブックに載っている情報など知っているだろうに、いちいち愛想よく頷いては、石碑や寺の古木を目の当たりにして感動しきりだった。

「じゃ、ハルくんは夏休みまで日本にいるのか。今度一緒にカラオケ行く？　それとも、一緒に合コンとか行ってみる？」

とか言いながら、おまえが鼻の下を伸ばしていてどうするって感じだ。

「カラオケはアメリカにもあります。日本ほどポピュラーではないですけど。それから、合コンも知ってます。女の子との出会いの場ですよね？」

「そうそう。楽しいぞ。まぁ、女の子の当たり外れはあるけど、それも一種のギャンブルみたいなもんでさ。当たればラッキーで、メール交換から恋が始まるって寸法だ」

「ギャンブルですか？　それは女の子に失礼じゃないですか？　あっ、でも、彼女たちも同じように考えているってことですよね。素敵な男性ばかりじゃないし、僕みたいなのもいるし……」

「何言ってんの。ハルくんは美少年だからもてるぞ、きっと」

洋次の言葉を社交辞令だと思ったのか、ハルは困ったように苦笑を漏らし「そんなことはないです」と顔の前で手を横に振る。ハルは一人前に謙遜ということを知っている。合コンに何十回と参加しても未《いま》だアドレス交換までたどり着かないくせに、俺についてくれれば大丈夫だからと意味もなく虚勢を張っている洋次よりよっぽど日本人らしく奥ゆかしい。

だが、そういうハルを見ていると善光はなんだか少しばかり戸惑いを覚えるのだ。日本人のような容姿だけれど、アメリカ生まれのアメリカ育ち。日本語は達者で、日本については充分な知識を持っているのに、日本の地を踏むのは初めてという。

自分と同じ歳でいて自分より確実にお利口でいて、そのくせ体は小さく非力なのは間違いなく、頑張っているのはわかるが同時に無理しているのも透けて見えたりする。

最初に大学に送っていったときにも思ったが、ハルというのは扱いやすいのかそうでないのかなんだかよくわからない存在だ。放っておいても大丈夫だと思ったら迷わず放っておくが、それでは駄目だと思うのに手を差し出そうとすればちゃんと両足で立っていて、支えなどよけいなお世話のような気もするのだ。

善光にしてみれば、守ったり支えたりしようとする自分の手を出したり引っ込めたりという、なんとも落ち着かない状況になってしまう。

ただ、一つだけはっきりとしているのは、その曖昧さになんとなく目が離せなくなるということだ。そして、洋次と二人で仲良く前を並んで歩かれると、ちょっと自分だけが仲間外れにされているようで悔しい。

自分で洋次を誘っておいて身勝手は承知のうえだが、ハルが誰かと仲良くしている姿を見て、こういう気分になる意味がわからない。

「あっ、ハル、アイスクリーム食べるか？　そこの抹茶アイス、うまいらしいぞ」

善光が洋次を押しのけて言うと、甘いものが好きなハルの笑顔が輝く。

だてに同じ屋根の下で暮らしているわけではない。ハルが好きなものくらいちゃんと知っている。洋次からハルを奪還した気分で店に入ると、抹茶アイスの小豆と練乳がけというスペシャルな一品を買ってやった。

店の前のベンチに座ってそれを食べるハルは、幸せそうに微笑んでいる。

「なぁ、ハルくんって、なんで女じゃねぇのかな？」

同じアイスを食べていても全然可愛く見えない洋次が、ほのぼのとした笑顔を浮かべながらちょっと悲しそうに善光にたずねる。

「それは、俺が聞きたい。母ちゃんが女の留学生をホームステイさせてくれていたら、俺の人生にも春がきたのになぁ」

「いや、それはどうだろう？」

「いや、きていたに違いないね」

「いやいや、女ならおまえは相手にされてないはずだ。むしろ警戒される顔だし」

「いやいや、それを言うならおまえだろう。そもそも、女の留学生なら今日だっておまえなんか呼び出してないし」

美味《おい》しそうにアイスを食べているハルの前で、同じアイスを貪《むさぼ》り喰いながらいつものように不毛な会話を交わす二人。

「次は大仏が見たいです」

アイスを食べ終わったハルが言ったので、二人は互いの顔を見合わせてから、我先にとハルの案内に立つ。

定番の鎌倉観光コースを終えて帰宅した夜、ハルは食事を終えてから家族にメールを送ると言って自分の部屋に戻った。

先にシャワーを浴びた善光がハルの部屋をノックして、風呂が空いたことを伝えにいくと、ちょうど今日の観光写真をパソコンのモニターに並べて写真を眺めているところだった。

「いい写真、撮れてたか？」

善光が何気なく訊くと、ハルは嬉しそうに手招きをする。彼のデスクのところへ行くと、晩春から初夏に移り変わっていく柔らかい緑色に包まれた風景写真がいくつも並んでいた。

「おおっ、なかなかいいじゃないか。これぞ日本って感じだな」

それ以外にも洋次や善光とのツーショットもあるが、これらは意図的にハルにだけフォーカスして撮ったものがほとんどだ。なので、洋次と善光の顔はいつも下を向いていたり変顔になっていたりして、互いに悪意が感じられる映りの悪さだった。

その中にハルと善光が大仏前に並んで映っている写真があった。これだけはまともなのは、洋次がトイレに行っている間に他の観光客に頼んでシャッターを押してもらったからだ。ハルもその一枚が気に入っているのか、家族あてのメールに添付するという。

「あれ、母親にも英語でメールを打つのか？」

べつにモニターをのぞき込んでいたわけではないが、チラッと見えたから訊いてみたまでだ。母親もハルも日本人同士なのだから、日本語で会話しているのかと思っていたのだ。

「お母さんとだけなら日本語で話すこともあるんですけど、家族宛のメールなのでお父さんや弟たちも読めるように英語で書いています」

「えっ、お父さん……？　って、亡くなったって言ってなかったか？　それに、弟って……そんなのいるのか？」

「ああ、話していませんでしたね。母親は僕の実の父親が亡くなってから数年後に再婚したんです。アメリカ人の警察官をやっている人で、彼にも離婚歴があって息子が二人いたので、引き取って一緒に育てているんです。だから、僕にはお母さんの他に義理の父親と二人の弟がいるんです」

「ということは、ハルんちは五人家族なのか」

日本でも両親の離婚や再婚は珍しい話でもないが、北米ではずっとその率が高いことは善光でも知識として知っている。それに、子どもを連れての再婚も多く、義理の父親や母親と子どもたちの間でシリアスな問題が起こるケースもあると聞いたことがあった。

「あの、義理のお父さんとか弟とは……」

言いかけて、ひどくプライベートに立ち入った不躾《ぶしつけ》な質問をしようとしている自分に気づき、慌てて口を閉じる。

（うまくやってんのかなんて、大きなお世話だよな……）

「うちは仲いいですよ。お義父さんは優しいし、弟たちも可愛くてよく懐いてくれているし。実の父親が亡くなってからしばらくは、母親と二人っきりで寂しい思いをしたから、今は賑《にぎ》やかな家がとても楽しいです」

「そうなのか。だったら、よかったな」

案じていたことをハルのほうから屈託なく話してくれたので、内心安堵の吐息が漏れた。

考えてみれば、ハルのような見た目も愛らしく、おまけにとんでもなくお利口な息子ができれば、誰だって自慢に思うはず。きっと義理の父親もまだ当時十二歳だったというハルを快く受け入れたに違いない。

それにしても、いきなり血の繋《つな》がらない父親や弟ができるというのはどんな気分なのだろう。善光にはまったく想像ができない。

「お義父さんは警官だから、とても強くて大きくて家族みんなを守ってくれる存在なんです。上の弟は十四歳でミドルスクール、下の弟は十一歳でジュニアスクールに通っています。二人とも義父に似て、体も大きくて、スポーツが得意なんですよ」

そう言うと、ハルはパソコンのファイルを開き、家族の写真を見せてくれる。

「これ、僕が日本に出発する前日に撮りました」

そこにはいかにもサンフランシスコらしいビクトリア調の家を背景に、玄関前の階段に並んでいる一家がいた。

後ろに警察官という義父。茶色の髪と同じ色の優しげな目をしていて、アメリカ映画によく出てきそうな気のいいおまわりさんという風体の人だ。ただし、この写真はプライベートのもので、明るい色のポロシャツにジーンズというスタイルだった。

(なるほど、でかいな……)

隣の母親は、はかなげな容貌と華奢な体がハルによく似ている。四十三歳にはとうてい見えない可愛らしさで、少女のような小花模様のワンピースがよく似合っている。そして、両親の前に並ぶハルと弟たち。

「こっちがライアンで、こっちがショーンです」

ハルが順番に指差して教えてくれる。どちらも父親に似たのか母親も大柄な人だったのか、とにかくずいぶんと体格がいい。十四と十一だというが、上の弟のほうはハルとほとんど身長が変わらないくらいだ。下の弟もハルとはまだ十センチほど差があるが、あっという間に抜いてしまいそうなしっかりとした骨格が見て取れる。

「なるほど。スポーツは得意そうだな」

「ライアンはラグビーをやっていて、ショーンはバスケットに夢中なんです。どっちもアメリカでは人気のスポーツだから、二人とも学校ではよく注目されているし、女の子にもてるんですよ」

どうやら、彼らはハルにとっても自慢の弟たちらしい。でも、ハルだって飛び級で高校と大学を卒業して、日本のT大学の院に留学するほど利口なのだ。きっと彼らにとっては自慢の兄に違いないだろう。

そのことを言うと、なぜかハルは一瞬寂しげな表情になる。

（え……っ？　なんで？）

善光は洗ってきた髪を拭《ふ》くために肩にかけていたタオルを握ったまま、じっとハルの表情を凝視してしまう。褒めたつもりが、何かまずいことを口にしてしまったのだろうか。

「う……ん、どうなのかな？　僕は体も小さくてスポーツはまるで駄目だから。あんまり自慢の息子や兄ではないかも……」

「そんなことないだろう。日本語やスペイン語まで話せて、とんでもなく頭がいいんだ。スポーツくらいできなくても、どうってことないんじゃないのか？」

慰めとかではなく、善光は本気でそう思っていた。実際、自分や洋次は中学高校とバスケット部で活躍していたにもかかわらず、なぜか女の子にはもてた記憶がない。男子校だったのが主な敗因だったと思っていたが、大学に入ってからというものスポーツはかなぐり捨てて彼女探しに血道を上げているのに、未だに人生の春はやってこない。

男子校時代の友人の誰もが自分たちと同じように彼女に飢えてもがき苦しむ青春を送って

いるのかといえば、そうでもないと噂に聞いている。国公立、有名私学に進学した、いわゆるお利口組は結構いい目を見ているらしい。大学にもなれば、女の子も将来を考えて男を選ぶようになるということだろうか。

将来性という意味では、最初から勝負は見えている。両親には二流大学でもいいからきっちり四年で卒業して、どんな企業でもいいから正社員として就職するようにと釘を刺されている。ようするに、高望みはしていないということだ。

そんな善光にとってもはや取り柄といえば健康だけ。それに比べたらずっと優秀で、多くの可能性を持っているハルの言い分がよくわからない。「可愛く」て「お利口」で「素直」と三拍子揃っていたら、もはや無敵じゃないかと思えるくらいだ。

「日本ではどうなのかわからないですけど、アメリカではスポーツのできる子が人気者になるんです。『カッコイイ』の条件みたいな感じです。僕なんて典型的な……えっと日本語でなんて言いましたっけ？　頭ばかり重いじゃなくて、大きいみたいな……」

「ああ、頭でっかちか」

「そう、それです。だから、女の子にももてなかったし、本当いうと僕はそれだけじゃなくて……」

ハルが何か口ごもっていたが、また日本語が思い出せないのかもしれない。だが、そんなことより善光は今何か心打たれる言葉を耳にした。

（女の子にもてなかった……）

世界中で美男美女の条件が違うように、日本とアメリカではもてる要素というのは違うらしい。

ハルがしんみりとした表情になったところで、善光が思わずその細い肩を握りしっかりと彼の体を抱き寄せる。

「そうか、そうだったのか。条件の問題か。おまえの悩みはなんだかよくわかる気がする」

「えっ、ええっ？　そ、そうですか？　でも、善光くんは体も大きくて、バスケットもうまいって……」

「そんなことじゃない。そんなことじゃないんだって。人にはそれぞれ悩みがあるってことだ。俺もそれならよくわかるぞ」

つまり、ハルのような誰からも愛される条件が整っている人間にも、コンプレックスがあるということだ。そして、それが意外なことに善光と同じで「女の子にもてたことがない」となれば、もはやハルもまた洋次と同じ「心の友」と呼んでいい存在だろう。すべては生まれる国を間違えたゆえの悲劇だったのだ。

ハルは善光の腕の中で顔を上げてきょとんとしていたが、すぐににっこりと微笑む。その笑顔があまりにも愛らしくはかなげで、体と心の奥でクラッと何かが揺れるのを感じた善光は慌てて彼の体を引き離した。

「すまん。つい、いつもの癖《くせ》で……」

親友の洋次とは何かで心を一つにするとき、巨体同士でがっちりと抱き合い男の友情を確認する。今もハルと同じ思いで抱き合ったつもりが、相手が小さすぎてすっぽり包み込む状態になった。

「へ、平気です。でも、なんか嬉《うれ》しかった」

「え……っ？」

抱き締められて嬉しかったってことか？　と一瞬思ったが、そうではなくて悩みが理解できると言われたのが嬉しかったらしい。

それはそうだろう。男に抱き締められて嬉しい奴は普通いない。いないはずだが、今ちょっとハルを抱き締めていて自分は嬉しくなかっただろうか？　そう思った途端、妙に顔が熱くなってきた。

（なんでかわからんが、気まずいぞ。なんでだ……？）

自問したところでハッと気がついた。それは、ハルを女の子のように錯覚してしまうからだ。自分なりの結論が出たところで、赤い顔を隠すようにきびすを返して部屋を出ていこうとした。

「えっと、ふ、風呂空いたから入れよ。そ、そんじゃ、おやすみ……」

体型や顔は女の子っぽいが、正真正銘の男だ。ちょっと血迷いそうになったのは気のせい

だ。きっと、そうに違いない。

◆◆

ハルが日本にやってきて間もなく一ヶ月になる。

もとより日本語に不自由のなかったハルだが、この一ヶ月でさらに微妙なニュアンスの使い分けや、テレビやネットの流行語から、若者独特の言い回しなどもどんどん覚えていた。

大学での勉強も順調らしい。日本の古典随筆についてレポート作成をしていて、ハルは鴨長明の随筆を研究課題にしているようだ。

『行く川のながれは絶えずして、しかももとの水にあらず。よどみに浮かぶうたかたは、かつ消えかつ結びて久しくとどまることなし。世の中にある人とすみかと、またかくの如し』

ハルはまるで小学生が教科書を朗読するように「方丈記」を開いて、善光に読んで聞かせる。自分がちゃんとしたイントネーションで読めているか確認してほしいというのだ。

これだけ日本語がうまいのに、院で他の学生の前で読んだときに少しイントネーションがおかしいと指摘されて恥ずかしかったらしい。アメリカ人の留学生にそんな厳しい指摘をしてやるなと言いたいが、実はハルの朗読を聞かされている善光だってわかっていないのだ。現代の日本語でさえ母親に『あんたと会話していると、ときどき日本語の未来が心配になるわ』と言われている善光だ。古典の文章などそもそも無理。意味もわからなければ、正しいイントネーションなんかわかるわけがない。

お手本として読んでみてと頼まれないのをいいことに、一応わかったふりで「まぁ、いいんじゃないの」とか言ってやると、ハルは安心したように笑顔になる。ハルが笑うと、なんだか心がふんわりする。

（心がふんわりってのは変か……？）

でも、なんかそういう感じなのだ。最初は両親に頼まれて小遣いほしさに面倒を見ていた部分があるのだが、近頃はハルにかまっているとそれなりに楽しい。もちろん、英語やスペイン語のレポートの添削を頼めるのは大きなポイントなのだが、それ以外でもちょっとしたことで頼りにされるとなんとなく心がくすぐられる。

ハルのようなお利口でも、やっぱり日本にいる間は俺の手助けが必要ってことだなどと、万一口にでも出して人に聞かれたら赤面ものの自己満足が心の中にすくっている。それに、なんといっても彼は「もてない同盟」の一員であり、今ではりっぱな善光の「心の友」なのだ。

これまで洋次と二人きりだった寂しい同盟も、ハルという異色の存在を迎えてなんだかそう惨めでもない雰囲気になってきた。おそらく気分の問題だとは思うが、洋次と二人なら一生芽が出ない気もするが、ハルがいるだけでそういう心寂しい気分がいくばくか薄れる。

というわけで、何か聞かれたり助けを求められたりするたびに、「しょうがねぇな。そろそろ一人でできるようになれよ」などと言いながらも、内心はニマニマしていたりしたのだ。

だが、どんなに日本語が達者でも、本当に細かい人の心の奥のニュアンスまで読み取れないらしい。というのも、いつものようにちょっとしたことで善光の部屋にものをたずねにきていたとき、つい癖のように言ってしまったのだ。

「しょうがねぇな。それくらい一人でできるだろ？」

すると、ハルはその日にかぎって恐縮したようにペコリと頭を下げた。そして、いつもの笑顔ではなくて、申し訳なさそうに「ごめんなさい」と呟いたのだ。

もしかしたら、「しょうがねぇな」の言い方が少しばかりきつかったのだろうか。「できるようになれよ」ではなく、「できるだろ」と言ってしまったのが断言口調に聞こえたのだろうか。

けっしてそんなつもりはなかった。これも照れ隠しの一種で、そういう微妙な機微ってものを読み取ってくれよと思ったが、それはどんなに日本語がうまいハルでも無理だったようだ。

無理もない。日本語がうまいのと日本や日本人に慣れているのでは違うということだ。ハルは日本にきてまだ一ヶ月ほど。アメリカでも母親をはじめ日本人とのつき合いはあったというが、誰もが少なからずアメリカナイズされた人たちだった可能性が高い。

(しまったかも、俺……)

そう思ったときは遅かった。その日からハルは少しずつ善光を頼ることをしなくなっていった。何か困っているような様子を見れば声をかけもしたが、ハルは一生懸命なんでもないふりをして笑顔を見せる。

「大丈夫です。僕、一人でできると思います」

ハルがそんな言葉を言うたびに善光の心は後悔に打ちひしがれる。取り戻せるなら自分の吐き出した言葉をもう一度呑み込みなかったことにしたい。そんな馬鹿なことを悩んでいる間にも、ハルの大学の友人もどんどん増えていき、彼の携帯からはしょっちゅうメールの着信音が鳴るようになった。

ときには日曜日に数人の女の子が遊びにきていたこともあり、善光がバイトから戻るとハルの部屋から楽しげな会話が聞こえてきた。女の子が自分の部屋に遊びにくるなんて、善光にしてみれば夢のような出来事だ。

(う、羨ましすぎるぜ……っ)

そうは思っても、母親が用意したお茶のトレイを持って、善光がハルの部屋に顔を出すなんてわざとらしい真似は恥ずかしすぎてできない。

夕飯の時間が近づき、女の子たちが帰っていくのをハルが玄関まで見送りに下りていく。

その話し声を自分の部屋で聞きながら、善光は自分の勉強机の椅子で膝《ひざ》を抱えて座っていた。

（何、この孤独感みたいなの？　マジでちょっと泣きそうなんだけど……）

もてない同士、「心の友」が一人増えたと思っていたのに、やっぱり自分の「ソウルメイト」は死ぬまで洋次だけなのかと思うと、なんだかひどく物悲しい気分になる。

それ以上に、ハルという雛《ひな》が自分の手をもはや必要とせずに巣立っていってしまったことがもっと寂しい。そして、その巣立ちを図らずも促してしまった自分に対して「馬鹿」と罵《ののし》ることしかできない善光だった。


季節はすっかり初夏になり、春のまったりとした暖かさから、夏に向けてどこかワクワク感を含んだ空気に変わってきた。そうなると俄然《がぜん》焦る。この夏も彼女なしで過ごすなんてあり得ないだろう。

「なぁ、バイクの頭金、どのくらい貯まった？」

その日の午前中、材料力学演習実験と機械力学２の講義を受け終わって学食で昼食を食べているとき、洋次が少しばかり神妙な顔で訊く。

「八万……くらいかなぁ」

「嘘……っ」

善光の答えを聞いた洋次が、鼻っ柱を力一杯指先で弾《はじ》かれたガキのように泣きそうな顔になる。

「あっ、嘘……。本当は五万くらい」

「やっぱりな。俺もそれくらい……」

いきなり安堵の表情になった洋次だが、内心そこで安堵しているんじゃないと言いたい。それは、バイクの頭金の金額のことばかりではない。自分たちが未だに中学時代からかわらず、それぞれの道を歩み出していないことに少しは疑問とか不安とか、さらには焦りとか不満を感じるべきじゃないかということだ。

この腐れ縁はどうしたものかと思うが、洋次とは中学で知り合って親友となり、なぜか高校から大学まで同じ学校に進み、あげくの果てにはその学部まで同じ機械工学部に在籍している。頭はいまいちだが、機械いじりは嫌いじゃないという中途半端な選択までが一緒という「ソウルメイト」だ。

さらには、家族構成までが似通っていて、善光には両親以外に嫁いだ姉がいるが、洋次にはすでに他家に養子に入った兄がいる。

（こいつとはジャンケンをしても、必ずアイコになってしまう……）

そして、勝負がつくまで互いに息が切れるほどグー・チョキ・パーを繰り返すという仲良しだ。ただ、問題は、本人同士がそんな「仲良し」を望んでいないというだけ。

おまけに、これもまた当然のように揃ってバイク好きで、高校のときは禁止されている原付で通学してともに停学を三回喰らっている。そして、大学になってすぐにバイクの免許を取ったはいいが、バイクを買う金がない。善光がイベントのバイトを始めたのは洋次の紹介だったが、今となっては単純に一日で一万円といううまい話にのったのが馬鹿だった。

休日や大学の講義のないときしか入れられないため、何か野暮用ができると一ヶ月のバイトで稼げる金額はたかがしれている。だからといって、今さら時給数百円の居酒屋のバイトに入って地道に稼ごうという気にもならないのは、二人が揃いも揃って元来怠《なま》け者の性分だから。そして、同時に心は曖昧に彼女探しにふらついている。

「なぁ、善光。俺たちは昔から優柔不断なところがあったよな」

「まぁ、そうかな」

「そもそも、中学のときからそうだ。バスケをするかサッカーをするかで迷ったあげく、先輩がくれた菓子パン二個に釣られてバスケを選んだ。今思うと、サッカーにしていればもっともてていたかもしれないのにな。それだけじゃない。細かいことまであげるなら、学食でラーメンかチャーハンかで悩んでいるうちに両方売り切れたり、同じ日に設定された合コンに掛け持ちする算段をしているうちにどちらも男が定員に達したり……」

洋次は自分たちの黒歴史と呼ぶことすら値しない灰色の歴史を語り出す。情けない己の青春をプレイバックされるくらい心地悪いことはない。

「おい、何が言いたい？」

学食のAランチを食べ終えた俺が洋次の言葉を遮る。すると、洋次は大きな溜息とともにチラリとこちらを見た。

「ここは一つ、夏に備えてターゲットを絞るべきだと思わないか？」

その深刻な表情に、善光はテーブルのAランチのトレイを隣のスペースへ押しのけてたずねる。

「というと？」

「だから、バイクか彼女かだ」

来る夏に向けて目的を絞るべきという洋次のアイデアは、ここ数日の初夏の浮かれた空気の中で善光自身も感じていたことだ。問題はどっちに絞るかだ。

「で、どっちだと思う？」

善光は胸の前で腕を組んで考えてから、さっき食べた定食のトレイにのっている割り箸の袋を手にする。それをビリビリと二つに裂いて、一つに「バイク」の文字、もう一つに「彼女」の文字をボールペンで書き込んだ。それを向き合って座る洋次の前に左右に分けて置く。

「どっちにするか、一、二の三で指差すぞ。袂《たもと》を分かったときはそれまでだ。それぞれの道を進むということでいいな？」

ご大層に言ってはいるが、どちらを選ぼうとこの世になんの影響もない。世の中で最もどうでもいい選択の瞬間だ。

そして、一呼吸置いて洋次と一緒に指差したのは「彼女」と書いた紙。想像はしていたが、この男とは死ぬときも示し合わせてあの世へ行きそうな気がしてきた。

だが、自分の人生に常に洋次が付きまとっていることくらい些細《ささい》なことだ。それよりも目標は決まった。

「バイクはほしい。バイクは好きだ。だが、それにも代えがたい衝動があるということだ。俺はこの夏までに彼女を作ると誓うぞ」

「まさに俺の心を代弁してくれたその言葉。そうだよ。バイクへの熱意がなくなったわけじゃない。ただ、まだ見ぬ彼女への思いが少しばかり強いだけだ。俺も誓う。この夏こそ、彼女を見つけてイチャイチャラブラブ……」

そんな言葉とともに洋次と向き合って、ひしっと手を握り合っていると、すぐ横を女の子たちが怪訝《けげん》な顔で通り過ぎていく。

慌てて親友の手を振り払った善光だが、ランチのトレイを持って立ち上がったところで洋次が訊いてくる。

「そういえば、おまえんちの留学生のハルくんは元気か？」

「ああ、それなりにやってるよ」

「何、その素っ気ない返事。鎌倉に行ったきり会ってないなぁ。相変わらず、男なのに無駄に可愛い？」

あの日、洋次はカラオケやら合コンに誘っていたが、その後約束どおりハルの携帯電話にメールを入れたら丁重に断られたらしい。

「やっぱり、俺らみたいにガツガツしなくても、あれだけの美少年ならもてるよなぁ。どうなんだよ？　もう彼女とか作っちゃってるわけ？」

「あっ、いや、そうでもないみたいだけど……」

彼女らしき存在はいない。だが、もててはいるみたいだ。

というのも、あれからもしょっちゅう携帯電話に連絡が入っているようだし、休日には女の子たちが家に入れ代わり立ち代わり会いにくる。その都度、女の子たちがホームステイの方にと気をきかせて美味しいケーキなど買ってきたり、手作りクッキーを持ってきたりするから母親は大喜びだ。おかげで食後のデザートがここのところいつになく充実している。

そもそも自分の両親がそうだったように、ハルというのはほぼ一撃で会った人を魅了する。愛らしい容姿に心がほんわかしたあとは、ずば抜けたＩＱの持ち主であることに驚かされ、さらにはそんなお利口にもかかわらず日本に慣れていないことに微笑ましい笑みが漏れる。たいていはこのスリーステップで誰もがハルの存在の虜《とりこ》となる。おまけに、素直な性格だからハルを嫌いになるほうが難しいだろう。

「なぁ、またハルくん連れてどっか行かないか？　で、今度はハルくん目当ての女の子も呼んで、グループで小旅行とかしちゃってさ……」

「それで、どうすんの？　ハル目当ての女の子を横から喰っちゃおうって魂胆か？　それって、惨めじゃねぇ？　っていうか、男らしくないだろう」

善光が目を据わらせて半ば呆《あき》れ気味に言うと、洋次はぐっと言葉に詰まったもののすぐに開き直る。

「そりゃ、姑息な作戦だってわかっちゃいるさ。けどな、俺らにはもう夏まで時間がない。この夏こそ熱く溶けるような『イチャラブサマー』を送るためなら、もはやプライドなんか邪魔でしかないと思わないか？」

「確かに邪魔だな」

「だったらさ……」

「いや、だからといってハルを使うのは駄目だ」

善光はあえてキリッと表情を引き締めて言った。洋次は親友が一歩だけ先に大人になったのかと不安そうな表情を浮かべたものの、少しばかり神妙に頷いてみせる。

「そうだな。ハルくんを利用するような卑怯な真似は、男として駄目だよな」

わかってくれたかとばかり親友に向かって相槌《あいづち》を打ってみせたが、善光の胸の内にあるのはそんな美談ばかりではない。

大学にかぎらず近所でも人気者になっているハルは、学業以外でも今やまったく遊び相手に不自由していない。来日した当初こそ、母親からの臨時の小遣い目当てに空港に迎えにいき、翌日は大学まで連れていってやった。また、英語やスペイン語のレポートの添削のお礼がわりに週末には鎌倉案内もしてやった。だが、今となっては可愛いハルのためならそんな役割を自らすすんでやろうという者だらけで、むしろ善光など邪魔でしかない存在だ。

一週間のうち二、三回は、ハルから友達と外食をするというメールが母親に入る。そんなときはいつものように親子三人で夕食の食卓を囲むのだが、家族の気分は下がり気味だ。なんで善光がいてハルがいないのだろうと言いたげな両親の視線が痛いなんて、親友の洋次にも言えやしない。だが、同時にハルのいない食卓を両親以上にがっかりしている自分がいて、なんともいえない気分になる。

（ああ、「心の友」だと思っていたのになぁ……）

鎌倉から帰ってきた日の夜、風呂が空いたことを知らせに行った彼の部屋で、ひょんなことからハルの家族のことを聞いた。それだけではない。ハルが密《ひそ》かに抱えているらしいコンプレックスを知り、善光は大いに親近感を抱いた。

同じコンプレックスを抱く者同士、日本にいる間はせいぜい面倒を見て、楽しい思い出作りの手助けをしてやろうと思っていた。もちろん、自分の彼女作りの片手間にはなるが、バイトのほうもほどほどにしてつき合ってやろうというくらいは考えていたのだ。

ハルの面倒を見れば母親の機嫌はよく、臨時の小遣いがもらえる。鎌倉を案内すると言ったときも、電車賃とお昼代ということで二万円もらった。もちろん、昼はラーメン、おやつはアイス、電車賃は二人分で三千円以内。残りは善光のポケットの中に納まった。

そういう楽して儲けられるという下心があったことは否めないが、それでも八十パーセントは同胞への純然たる善意なのだから、これもりっぱなボランティアのつもりだった。そして、なによりハルがにっこりと笑うのを見ると、心がふんわりするのが楽しかったのだ。

ところが、なにげない善光の言葉のニュアンスをハルは間違って受けとめてしまった。もちろん、自分の言い方がよくなかったかもしれないと反省はしたが、あまりにも微妙なことでいまさらどう説明したらいいのかわからない。

『本当はしょうがないなんて思ってないよ。ハルの面倒を見るのは俺も楽しいんだ。だから、なんでも聞いて、どんなことでも頼ってくれていいんだぞ。それで、にっこり笑ってくれたらそれでいいから……』

なんて、こっ恥ずかしい言い訳を口にするくらいなら、原付バイクで電柱に向かってアクセル全開で突進するほうがまだしも勇気がいらないだろう。とにかく、こういう頑《かたく》なで素直じゃないところまで、死んだ爺さんに似ているのだから仕方がない。

そして、善光が言い訳をする機会を逸している間に、ハルにとっては予期せぬラッキーな事態が日本で起こっているということだ。

アメリカではもてなかったという「頭でっかち」のハル。だが、日本ではその華奢で愛らしい容貌からずば抜けてお利口なところまでが、まるっとまとめてもてる理由になっている。やっぱり、国によってもてる条件というものが違うのだ。そういう意味では、ハルは正しい国に留学した「恋愛の勝ち組」といってもいい。

(だったら、俺はアメリカに行けばもてるのか? いや、そんな気はしない……)

英語もできなければ、いくらバスケが得意といってもすでに現役ではない今ではバスケットボ大国アメリカの高校生にも負けそうだ。そもそも、バイクを買う金もない自分にはアメリカへ行く航空券を買う金などあるわけがない。よしんば、そこが善光にとって恋愛パラダイスであったとしても、たどり着ける術《すべ》がないということだ。

というわけで、もはやハルは「心の友」ではなくなったと悟った今、なんとなく気軽に声をかけにくい。同じ屋根の下にいて一緒に朝食を食べていても、つい会話を避けるように席を立ってしまうのは己の心の狭さゆえだとわかっていてもどうしようもない。

(いいなぁ、おまえ。何一人でもててんの? T大の美人の才女の一人くらい紹介してくれよ。成田にも迎えにいってやったし、大学にも連れていってやっただろうが……っ)

などと、今朝も一緒に味噌汁と納豆ご飯の朝食を食べながら腹の中でいじけたことを呟いていた。そんな自分が洋次の姑息な考えを非難する権利などないのに、もっともらしいことを言ってみたりして、なおのこと惨めさに拍車をかける自分は馬鹿だといまさらのように思い知る。

「じゃさ、ハルくんと三人で出かけるのはどうだ?」

「おい、男三人で出歩いて、なんのメリットがあるんだ?」

もしかして、女の子の代わりにハルを狙おうというのなら、俺が親友に正義の鉄拳を喰らわせてやる。

「あっ、いや、だから、ハルくん目当てに女の子が逆ナンしてこないともかぎらないから、そのおこぼれを……」

それじゃ、ハルを利用していることに変わりはないだろう。駄目だ。こいつは根本的にわかっていない。中学で初めて顔を合わせたとき、「馬鹿そうな顔している」と思ったが、大学になってもやっぱり馬鹿は馬鹿のままだ。

善光の悩みも知らずどこまでも呑気《のんき》な洋次に哀れみの目を向けると、盛大な溜息を漏らす。そして、ランチのトレイを返却口に置いて、午後の講義のためにカフェテリアを出るのだった。

◆◆

ハルとの関係は、基本的には善光が個人的にいじけているだけなので、話しかけられれば答えはする。その日の夜、夕食と風呂を終えてからレポートを書くために勉強机に向かっていたら、部屋のドアがノックされた。

この家でドアをノックするのはハルしかいない。父親は「おーい」と言いながらドアを開けるし、母親にいたっては開けてから「入るわよ」と言う。そういうプライベートを無視した家なので、ノックなどされると「どうぞ」という声が裏返ってしまう。

「あ、あの、善光くん、忙しい？」

機械力学のレポートを書いてはいるが、半分は今週末の合コンに着ていく服を考えていたから、忙しいといえば忙しい。だからといって、何か神妙な面持ちのハルを追い払うほどでもない。というか、久しぶりのハルの訪問に、内心では大いに浮き足立っている。

自分が猿なら確実に両手を叩いて、バック転の二、三回もしているところだろう。

「ど、どうかした？　何かわからないことでも？」

もちろん勉強の話ではなくて、日本の生活習慣についてだ。それ以外に善光がハルに教えられることはない。そして、聞きたいことがあるなら、ぜひ聞いてくれと心では力のかぎり手招きしているが、表向きはクールな自分を装ってしまう。

多分、死んだ爺さんもこんなふうに不器用な人間だったのだろう。でも、そんな爺さんでも結婚できたからこそ善光という子孫がいる。だから、まだ夢を諦《あきら》めてなるものかと、なぜハルの顔を見ながら彼女作りへの熱意で胸を熱くしているのかは自分でも意味不明だ。

「実は、ちょっと相談があって……」

「相談？」

ハルを見れば、俯き加減の顔がどこか火照《ほて》ったように赤く、何かもじもじと気まずそうに体を揺すって落ち着きのない様子。それを見て善光はピンときた。なにしろ、もとはといえば同じ「もてない同盟」の同志だ。そういう反応には敏感なのだ。

（これは、好きな女ができたな。それで、どうやって口説けばいいかの相談をしようって魂胆か）

それにしても、これ見よがしに善光に相談してくるとは、可愛い顔をしてちょっと意地が悪いんじゃないかと思ってしまう。アメリカでもてなかったというのなら、もう少し人の痛みを理解してもらいたいものだ。だが、日本にきて生まれて初めて人生の春が訪れたのだとしたら、ハルが浮き足立って身近な人間に相談を持ちかけたくなる気持ちはわからないでもない。

というのも、もし善光が合コンで意中の女の子とアドレスを交換でもしようものなら、絶対に洋次に相談するだろう。「なぁ、どんなメールを送ったら好感度が上がると思う？　やっぱり可愛い系か、それともクールな感じがいいかな?」などと、鼻の下を伸ばしてどうでもいいことを相談しながら、自分の幸せ具合を自慢するに決まっている。

内心の焦りを隠して、極力冷静に訊いてやった。

「で、どんな女だ?」

「えっ?」

ハルが素《す》っ頓狂《とんきょう》な声で首を傾げる。

「だから、相手の女だ。大学で知り合ったのか? それとも、誰かの紹介とか?」

「えっ、あの、いや、そうじゃなくて、実は相談というのは大学へ行くときの電車なんですけど……」

「はぁ? 電車?」

通学の電車といえば、来日した翌日に朝の満員電車に乗せて大学まで連れていってやった。あのときは、人の多さに心底目を丸くしていたが、数日後からは覚悟をして一人で通っている。

ハルの場合毎日が朝一の講義から始まるわけでもないので、あんな満員電車に乗るのは週に二度くらいのはずだ。それ以外の日は比較的ゆっくりとしていて、朝食のあとに部屋でレポートを書いたりしてから昼前に家を出ていく。

善光の講義の時間とはまったく違っているし、お互いそれぞれの友人とのつき合いもあって、近頃は朝食でしか顔を合わせない日が多いのはそういう理由もあった。

「明日、善光くんは忙しいですか？　あの、もしできるならでいいですけど、一緒に大学まで行ってもらえませんか？　一緒に電車に乗ってもらえたら助かるというか……」

「なんで？　大学までの道がわからないってわけじゃないし、なんで一緒の電車に……？」

そこまで言いかけて、ハッと思いついた。つまり、通学の電車にその子がいるということだ。善光はニヤリと笑って頷きながらも、内心ではこの野郎と毒づいていた。

（なかなか特定の彼女を作らないと思ったら、ついに電車の中で理想の女の子を見つけたってことか？　クソーッ。羨ましいぜ）

善光だって大学までは電車で通っているというのに、どうして自分には心ときめく出会いがないのだろうか。いつもバイクのパンフレットばかり喰い入るように見ているからいけないんだろうか。本当に出会いを求めているのなら周囲に気を配りながら、可愛い女の子が乗っていないかアンテナを高くして広げているべきなのかもしれない。

とはいえ、もし電車の中で理想の可愛い子に出会ったからといって、たやすく声をかけられるわけもない。そう考えたとき、ポンと思わず膝を打つ。

なるほど。ハルの相談はそれかと思いついたのだ。いつしか部屋の中ほどまできていたハルは、ちょこんとそこで正座すると小さな溜息を漏らす。その姿はとうてい恋の予感に浮かれている姿には見えない。

「実は、その、どう説明したらいいのか……」

そう言うと、ハルはまた言葉に詰まる。自分の気持ちをうまく表現する日本語を探しているのだろうか。日本語が流暢すぎるハルは、その状況により適切な単語を使おうとする癖があって、かえってこんなふうに言葉に詰まることが多々ある。だが、それがハルの懸命な姿勢を感じさせて、一緒に会話をしている者に好感を抱かせているのも事実だった。

だが、今回ばかりはみなまで言わずとも察しはついている。好きになったのが同じ大学の人間なら、友人に相談すればいいだろう。友人のつてをたどっていけば、紹介してもらう術も見つかる。

だが、電車の中で出会った誰かだとしたら、アメリカ人のハルにしてみればどうやって接触を試みたらいいのかも判断がつかないのだ。

いきなりその人の前に行って自己紹介して、「つき合ってください」ではただの変人になってしまうのは万国共通だ。恋愛に免疫のないらしいハルでもそれくらいはわかっているということだろう。

それで善光に一緒に電車に乗って、その女性を見てアプローチのアドバイスがほしいというのが彼の今回の頼みごとなのだと理解した。

「もしかして、気のせいかなと思ったりもするんですが、どうもそうじゃないようで。でも、こういうとき穏便にわかってもらうにはどう話したらいいのかわからなくて……」

好きになった気持ちが気のせいというのは、またずいぶんと曖昧だなと思った。が、恋愛に慣れていないから、きっと自分でも自分の気持ちがまだよくわからないということだろう。

「よし、わかった。心配するな。そういうこともあるだろうな。俺がなんとかしてやる」

「えっ、ほ、本当ですか？　僕、迷惑かけていませんか？　でも、これぱかりはどうしても一人では解決できそうになくて……」

本当に心細そうに言うので、悔しさ半分ながらも善光もついこれまでの距離を縮められたらという思いで張り切ってしまう。

「いや、大丈夫だ。幸い、明日は二時間目からの講義で、それも選択の第二外国語だ」

第二外国語のスペイン語はすでにハルの手助けでもって、レポートで高得点をマークしている。講義をさぼったところで単位を落すことはないはずだ。

大きく胸を叩き「まかせておけ」と言った善光に、ハルは嬉しそうに頷いて部屋を出ていった。そして、また勉強机のレポート用紙に向かいながらペンを握ったものの、その手は止まったままだ。

善光の心は複雑だった。最初は面倒がっていたものの、いつしか自分の力など必要のないほど日本に溶け込んでいったハルを見ていると、少しばかり寂しいような気もしていた。だから、こうして久しぶりにハルに頼られるのは嬉しい。だが、頼られて力を貸したあげくにハルに彼女ができるとしたら、それはなんだか面白くない話だ。

自分より先に彼女ができることを羨む気持ちはある。でも、それだけではない何か妙に心の片隅がチリチリと痛むような複雑な思いがあるのもまた事実だった。

（なんなんだ、この気持ち……？）

さっぱりわからないが、ハルの言葉を思い出してふと考える。

『気のせいかなと思ったりもするんですが……』

恋の始まりが気のせいということもあるのだろうか。気のせいだと思っていたら、本気で好きになっていたという話は聞かないでもない。ただし、そういうのは主に安っぽい恋愛小説とか甘ったるい恋愛映画での話だ。現実でもそんなことがありうるのかどうかはわからない。というのも、善光もまた情けないことに十九にもなってまともな恋愛経験がないからだ。

ハルの恋の手助けをするにあたって、少しは己も恋愛というものについて勉強しておいたほうがいいのだろうか。近い将来、自分もまた同じような経験をするやもしれないのだ。ならばと、自分の身の回りで恋愛について詳しそうな人間を思い浮かべる。

（えっと………………）

見事に一人もいない。そして、ようやく思いついたのが、嫁いだ姉だ。嫁いだかぎりは恋愛もして、結婚する決意に至る思いがあったということだ。一応経験者だから、何かアドバイス的なものはあるかもしれない。

そう思って携帯電話を手にして姉の番号を押そうとしたが、数秒考えてやめた。仲の悪い姉弟ではなかったが、恋愛ごとで相談できるような姉ではない。実は死んだ父方の爺さんに似ていると言われている善光だが、内心では姉のほうがもっと爺さんに似ていると思っていた。

恋愛も結婚も迷うことなく自分で決めて突き進んだ女だ。弟から女々しい恋愛相談など受けたら鼻で笑い飛ばされるかもしれない。

とりあえず、明日の朝には電車で出会ったというその人をこの目で見極めてやろう。女に無縁なまま十九年生きてきた自分の目がどれくらい確かかはわからないが、日本人のようでいて実はアメリカ人のハルよりも、もてない日本人の自分のほうがいくらか女を見る目はあるだろうなどと、そのときはまだお気楽に信じていたのだった。

◆◆

同じ満員電車であっても、いつもと違う路線に乗るのは心地が悪いものだ。

決まった時間に乗っている車両ではどんなに満員であろうとも、同じ修羅場を潜りながら目的地へ向かう戦友といった同胞意識が芽生える。そこはかとなく自分の居場所のようなものがあり、それはさながら老舗のバーの常連客の指定席のようなものだ。

ところが、ハルの大学へ向かう路線は善光にとっては一見《いちげん》で飛び込んだ高級バーのように新参者に冷たい。これで善光の体格が平均より小さければ、確実に人の波に押し潰されていただろう。

（ふぬぅぅぅ……っ。なんの、これしきっ）

内心そう叫びながら満員電車の真ん中で仁王立ちしていたが、ふと耳に届いた「ふぇ……っ」という情けない声に我にかえった。

己の精神力を鍛えるためにこの満員電車に乗ったわけではない。今朝はハルのたっての頼みでこの電車に乗り込んだものの、乗車して間もなくは一緒にいた二人はすでに車両の中央とドアのそばに引き離されている。

（マジで、こんな満員電車の中で恋の芽生えがあったとでも……？）

にわかに信じられない地獄さながらの通勤通学電車だが、周りの誰よりも高い身長で周囲を見渡せば確かに美人が数人確認できた。

どれだ、どいつだとキョロキョロしているうちに、電車はいよいよ満員になって身動きがとれなくなっていく。さすがに心配になってハルのことを探したら、さっきよりも追い詰められるようにドアに向かってへばりついていた。

小さい体には悪いポジションではないだろう。だが、何か様子が変だ。押されたり蹴られたりで苦しいのはわかる。だが、何か微妙にその表情が別の意味で辛《つら》そうだ。そして、まるで救いを求めるように善光を探しつつ視線を泳がせている。

(え……っ？　な、なんか変じゃないか、あいつ)

そう思った途端、ハルが頬を赤くして涙目でもじもじと小さな体をうごめかせているのがわかったのだ。ドアのそばに押しつけられたまま身動きが取れないらしく、ひたすら口をパクパクさせては車両の真ん中あたりにいる善光に何かを訴えている。

次の瞬間、ハルの泣きそうな顔の横でニヤニヤと笑うサラリーマンふうの男の顔が目に入り、善光はすべてを理解した。

「あっ、あの野郎……っ」

一気に頭に血が上った善光には、満員電車など関係ない。人ごみをまるで湯船の湯でも掻《か》き分けるようにして進み、ハルがへばりついているドアのそばへと向かう。周囲では「なんだよっ」とか、「無理だろっ」とか女性の悲鳴交じりの声も聞こえたが、それどころじゃない。

体の大きさにものをいわせてドアまでたどりつくと、そこで涙目になって震えているハルを抱き寄せて訊いた。

「おい、ハル、大丈夫か？」

ハルはずっと遠くにいた善光が自分のそばまできたことで大きく安堵の吐息を漏らし、全身を投げ出すようにあずけてくる。華奢な体は怯《おび》えからか可哀想なくらい震えていた。

善光はすぐそばに立っているサラリーマンふうの男を睨みつけてやる。だが、男は素知らぬ顔でそっぽを向いて、ちゃっかり両手に鞄と新聞を握っている。「何も触っていません」というアピールだろう。

痴漢は現行犯でなければどうしようもないし、善光がそれに気づいてハルのそばにくるまでにその男は完全に距離を取っている。絶対に犯人だとわかっているのに、こういうときはものすごく声が上げにくい。

まして触られていたのがどんなに可愛くても男だ。『男なんか触りませんよ』などと言われたら、こっちの気のせいということで話は終わってしまう可能性もある。そして、赤っ恥をかくのは騒いだこちらのほうで、一番恥ずかしい思いをするのはハル自身ということになってしまう。

世の中の女性たちが痴漢犯罪に苦しんでいるというニュースの特集を見たことがあるが、あのときは一も二もなく叫べばいいだけだろうと思っていた。が、そういうわけにはいかないということが図らずもよく理解できた。

結局、このときもハルを抱き締めたまま目的地の駅で降りてから、彼を慰める以外何もできなかった。

「おい、大丈夫か？」

とりあえずベンチに座らせたハルは頷いているが、ちょっと苦しそうだった。というか、何かちょっともぞもぞとした感じで心地が悪そうだった。途端に、善光が柄にもなく顔を赤くしたかと思うと、人の流れからハルを隠すようにして彼の両肩に手を置き耳元でたずねる。

「ト、トイレ、行ったほうがいいかな?」

見ればハルは真っ赤な顔をして、半ベソで小さく頷いている。無理もない。その気はなくても執拗《しつよう》に触られれば反応してしまうのが男の体なのだ。これはけっして恥ずかしいことでもないし、ハルの責任でもない。

善光はハルを支えるようにして駅の改札を出た。すぐ近くにあるトイレに行くと、ハルを個室に入れて自分は外で待っているからなと言い残してその場を離れた。

そして、近くの壁に背中をあずけたまま駅の天井を仰ぐと、拳で自分の額を一発殴って呟いた。

「なんてこった……」

電車の中で「恋の芽生え」どころか、通学電車で男から痴漢に遭っていたらしい。多分何度もこんなことがあって、ずっと悩んでいながら誰にも相談できずにいたのだ。

誰かに相談しようったって、こんなことはまさか善光の両親には言いにくいだろう。ましてや、最近知り合ったばかりの大学の友人連中にも気軽に話せることでもない。

そもそも満員電車で通勤通学なんてことがないアメリカではどうなのかよくわからないが、日本では男なのに痴漢に遭ったなどといえば、おおむね世間からは同情よりも嘲笑が先に立つ。

「男らしくしていないから」とか、「それくらい自分でどうにかできないのか」とか、もしくは「男に触る奴なんているかよ。気のせいじゃないの」などと自意識過剰を笑われておしまいだ。

もちろん、世の中には男に触りたがる男もいるだろうし、女を触る連中がいるのと同様にそういう痴漢がいても全然不自然ではないとわかっている。おまけに、ハルは可愛い。そのへんの女よりはずっと愛らしい容貌だ。ぎゅっと抱き締めていたら思わず奇妙な気分になるくらいだから、うっかり血迷う男が現れたとしても不思議ではない。

それでも、なぜか日本では男が「痴漢に遭いました」とは言い出しにくい土壌というものがある。そして、ハルのような非力な人間はその被害にあっても、声高《こわだか》にそれを訴えることもできないのだ。

これまでも何度かあんな目に遭って、ハルはついにこらえきれなくなって善光に相談しようと決心したのだろう。自分がもっと最初から素直にハルの面倒を見ていれば、こんな目に遭って辛抱している必要もなかったはずなのに……。

昨日だってきちんと話を聞いてやらなかった。いくら自分が彼女に飢えているからといって、勝手に恋愛沙汰《ざた》かと勘違いしてしまったまま今朝の通学につき合っていた。

本当のことを言うと、ハルが好きになった女の子の感想でも聞かれようものなら、何か否定的な言葉でも言ってやろうかと意地の悪いこと考えていた。

自分はなんて小さくて姑息な人間なのだろう。爺さんが生きていたらそこに直れと怒鳴られ、竹刀《しない》で思いっきり打ち据えられていただろう。

（ああ、いっそ爺さんに殴られたほうがすっきりしただろうに……）

善光はそう呟くとその場にしゃがみ込み、さっき自分の拳で打った額の痛さに思わず両手で頭を抱えてしまうのだった。


「なっ、なっ、なんという卑劣な奴がこの世にはいるんだっ」

ハルが電車で痴漢に遭っていたことを話したら、案の定洋次は鼻の穴を盛大に膨らませて憤っていた。馬鹿だが正義感は強い男だ。そして、大いにハルに同情して自分たちの力で守ってやろうと言いだした。

（ああ、単純な男でよかった……）

まんまと計画どおりにことは運び、あの日以来週に二回、早朝の満員電車に乗るときは善光と洋次がガードとしてハルのそばに立つことにした。

本当なら一人でもその役割は充分果たす自信はあった。どんな満員電車の中であろうと、ハルをすっぽり自分の胸の中に包み込んでおけば問題ない。誰にも触らせることはないだろう。だが、それではまずいのだ。

（この俺がな……っ）

初めてハルが痴漢に遭っていると知った日の夜、大学のあと洋次と一緒に都内のバイク屋を見て回り、こうなったら中古で我慢するかなどと相談してから帰宅したときのことだ。

すでにお風呂から上がっていたハルが、ちょっと大きめのTシャツとジャージのズボンという格好で善光の部屋にやってきた。体からは母親の買ってきたフローラルなボディソープの香りが湯気とともに立ち上っている。

親父や自分が使うとちょっと気恥ずかしさを感じる香りも、ハルだとなんだかぴったりだ。正直、五十を目の前にした母親や嫁いだ姉よりもこういう柔らかい香りが似合っていた。

ハルはもう性別を超えた生き物のようだ。濡れた髪が額や頬にしんなりと張りついている様子さえ愛らしく、まるで水浴びをしてきた妖精か天使に見えるのは善光の目がどうにかしてしまったからだろうか。

間違いなく人間だとわかっているし、身につけているのはTシャツとジャージなのに、それでも彼の柔らかい微笑みを見ると、心がとろけると同時に無性に抱き締めたくなるのだ。

「あの、今日はありがとうございました。本当は善光くんにばかり頼ったら駄目だってわかっていたけれど、誰に相談したらいいのかわからなくて……」

そう言って可愛らしく頭を下げたハルを見て、善光は他の誰でもなく自分が力になってやりたいとあらためて思った。もう二度と馬鹿げた見栄など張って、素直な彼の気持ちを傷つけるような物言いはするまい。

これまでも弱い者は守ってやらねばという気持ちはあったけれど、そんなふうに考えている自分を他人に知られることにてらいがあったのも事実だ。だが、ハルを見ているとありのままの自分でいることのほうが大人な態度のような気がしてきたのだ。

同じ歳でもずっと利口で、どんなことでも学ぶことには前向きで、人に対しては正直で優しい。ハルは自分よりもか弱いかもしれないが、彼から教えられることもあると思った。それはけっして英語ではなくて、もっと人としてのあり方のようなものだ。

「あのな、なんかあったら遠慮なく言えよ。この家にきたのも何かの縁だし、俺はうちにきたのがハルでよかったと思っているからさ」

ちょっと照れ臭かったが、さっそく正直になって言ってみた。すると、ハルの表情がこれまで見た中でも最高に嬉しそうに綻《ほころ》ぶのがわかった。そして、善光の前でハルのほうまで照れたように頬を赤くして、濡れた髪を拭くために肩にかけていたタオルで顔を隠してしまった。

（ええっ、な、な、何？　その態度……）

まるで乙女が告白を受けて恥ずかしがっているようなもじもじとした様子に、急に善光の心臓の鼓動がバクバクと速くなる。

そして、湯上がりのハルの姿を見ているうちに、ふと妖《あや》しげなことを思い出してしまった。ハルが痴漢に触られて、電車を降りたあと真っ赤な顔をしてトイレに入ったときのことだ。

あのとき善光はそそくさとトイレの外に出て、己の不甲斐《ふがい》なさを大いに反省していたのだが、ハルはやっぱり自分でそうなったものをどうにかしたのだろうか。

トイレから出てきたハルを見て、お互い微妙に引きつった笑顔を浮かべ合ったものの、そんなことを訊けるわけもない。これが洋次だったら、「おい、スッキリしたのかよ？」と訊くくらいどうってことはない。というか、それ以前にあのいかつい男が痴漢に遭うわけがない。遭うとしたら、相手はきっとドラッグクィーンみたいな奴で、いっそ洋次とお似合いだから結果オーライだ。

だが、ハルが痴漢にあんなことやこんなことをされたあげく、トイレで自分で自分をなどと考えただけで妙に下腹あたりがもぞもぞと落ち着かない感じになる。

同じ男なんだから、そのへんの事情というものはわかる。わかるだけに、なんか気まずい。男同士なのにと思いつつも、男同士だからこそ妙な気分になるのはなぜだ？

さっきまで妖精か天使かなどと思っていたのに、ハルが生身の人間になった。でも、それで込み上げてくるのは嫌悪じゃない。愛おしさだけでなくもっと生々しい欲望のような感情が、腹の底からうずうずと湧《わ》き上がってくる感じ。ハルの全身から独特の艶《なまめ》かしさのようなものを感じてしまうのは、善光の心と目がいやらしいからだろうか。

（な、なんか、むしゃぶりつきたいんですけどぉ～）

そんなことを考えていたせいか、その夜はハルの夢を見てしまった。夢の中に出てきたのはいつもの彼だ。笑顔が可愛い。善光にむかって手を振りながら駆けてきたかと思うと、すぐそばで立ち止まりもじもじと体を捩る。

ときには、日本生まれ日本育ちの日本人以上に奥ゆかしい彼だから、また何か言いたくても言えないことがあるのかもしれないと思った。

『ハル、どうしたんだよ？』

夢の中で善光が声をかけた。すると、彼がちょっとはにかんだ顔を上げて小さく唇を動かす。

『好き……』

はっきりとそう聞こえた。善光の心臓が痛いくらい強く跳ねていた。その胸の鼓動を感じながら、同時にこれは夢だと頭のどこかで理解している。夢だからいいんだ。何を言っても俺の自由だ。男同士だからって気にすることもない。全部俺の夢だ。

『ハル、俺も好きだ。おまえが可愛い……』

夢中で抱き締めたハルは柔らかかった。まるで全身がマシュマロでできている人形のようだと思った。もっとぎゅっと抱いて、それからキスをしようとしたらふわりと甘い香りが鼻孔をくすぐり、マシュマロのような柔らかい体がふにゃふにゃと溶けて腕の中で消えていった……ところで目が覚めた。

起きてから善光が自分で自分をどうにかするという事態に陥り、あれからというものハルを意識せずにはいられない。

というわけで、満員電車の中でハルをすっぽりこの胸の中に抱きかかえたりしたら、善光自身が不審者になってしまうかもしれないのだ。だが、洋次と二人でなら左右からスクラムを組んだ真ん中にできたスペースにハルを置けばいい。これでハルを直接抱き締めなくてもいいし、洋次の顔を見ているかぎり妖しい気分になどなりようもない。

「あの、なんだか申し訳ないです……」

洋次と善光のスクラムの下でハルが恐縮したように言う。一度善光に一緒に電車に乗ってもらい、痴漢を追い払ってもらったらそれでどうにかなるとハルは思っていたようだ。だが、善光はそうは思えなかった。よしんば、あのサラリーマンが警戒してもう手出しをしなくなったとしても、他の男がやらないとはかぎらない。

近頃は女性専用車両というものがあって、女性はそこへ避難することはできるが、ハルは男だからいくら可愛くてもその車両には乗れない。そうなると、女性がいなくなった男だけの車両に女の子のように可愛いハルが乗っているというのがどれほど危険な状態か、考えただけでも恐ろしい話だ。

「気にしなくていい。どうせ今日も二時間目からだから、ハルを送っていっても充分間に合う」

「でも、わざわざ僕のために早起きをして、遠回りで大学に行くのは大変ですよ。それに、これくらい日本で生活しているなら慣れないと……」

「いやいや、慣れで解決できる問題ばかりじゃない。なにしろ、どこにどんな不埒《ふらち》な輩《やから》がいるともしれないからな」

洋次の言っていることはもっともだ。考えてみたら満員電車にかぎらず人の乗り降りの少ないエレベーターや暗い夜道など、危険な場所はいくらでもある。

そう考えると、ハルを一人で出歩かせるのが俄然心配になってきた。帰りも帰宅ラッシュに遭遇して、同じような目に遭っているかもしれない。だったら、迎えにきたほうがいいんだろうか。

自宅は幸いマンションではないから一人でエレベーター待ちをしていて、見知らぬ男と乗り合わせるなんて危険はないが、大学の友人と食事をして暗くなってから帰宅することもある。そういうときは駅から電話をもらうようにすれば、善光が迎えにいくこともできる。

などとすっかり過保護なことをあれこれ考えていると、善光の心配をよそに洋次が満員電車でハルと向き合ってなにやら楽しそうに話している。

「でさ、今週末に合コンの予定があるから、一緒にこないか。あと一人くらいなら全然オーケーだよ。幹事が俺の友達だから、どうとでもなるって」

「あっ、いや、でも、僕はそういうところはあんまり得意じゃないというか……」

「平気、平気。いつもT大の才女ばっかりに囲まれてるんだろうけど、たまには違ったタイプの女の子もいいもんだって。あっ、口説き方なら俺に聞いて。もうテッパンって方法をいくつか知ってるからさ」

「テッパン……？」

「あっ、硬いって意味ね。ほら、鉄の板で鉄板。硬いっしょ。それで、間違いないって意味のときに使うわけ。覚えておくといいよ。さりげなく使うと、今風の日本語っぽいから」

ものすごく頭のいいハルに、ものすごく頭の悪そうな説明で洋次がどうでもいい日本語を教えている。なんだか見ていて痛々しい光景だが、洋次本人はそうとは思っていないからおめでたい。

だが、問題はそこではない。

「おい、洋次。週末の合コンってなんの話だ？　俺は聞いてないぞ」

善光に言われて、洋次が露骨にしまったという表情になる。そして、しらじらしく視線を泳がせている。

「あれ～、言ってなかったっけ？　っていうか、おまえ、週末はバイトとか……」

「入ってねぇよっ」

「えっ、そうなの？　でも、残念だなぁ。たった今定員いっぱいになったしなぁ」

「さては自分だけ参加して、先に彼女を作る気だったな。この裏切り者めっ」

どうやらどこかから仕入れてきた合コンの話を、善光には内緒のまま一人で参加しようとしていたらしい。つい先日、学食で夏までに彼女を作るため協力し合って最善を尽くそうと誓い合ったばかりなのに、すでに裏切っていたとは油断も隙《すき》もない奴だ。

「だって、善光は彼女よりバイクって言ってたんじゃないのぉ～？」

「反対だ。バイクより今は彼女がほしいって言ったんだろうがっ。聞き間違えたふりしてんじゃねぇよ。どこまでもしらじらしい奴めっ」

頭上のそんな会話を聞いていたハルが、いよいよ申し訳なさそうに二人を見上げて言う。

「あの、僕はいいので、善光くんがぜひ洋次くんと行ってください。それなら、定員どおりで問題ないですよね？」

ニッコリと笑ってみせるハルに洋次がそれは駄目駄目と首を横に振る。

「そりゃ、困るよ、ハルくんはきてくれないと。だって、俺、T大大学院に通うアメリカ人留学生を連れていくからって言ってあるんだから」

「おまえ、ハルの肩書きを餌にして、自分の席を手に入れたな？」

「ま、まさか～。俺がそんな姑息な男に見えるとでも？」

「そんな姑息な男以外の何者にも見えん！」

「親友に向かってそういうことを言う？　嘆かわしいな。もはや男の友情などという言葉はこの世に存在しないらしい。いや、おまえという人間の中に存在しないんだな。しょせんおまえはそういう奴だよ」

「誰がそういう奴だってんだ。そういうおまえこそ、そうやって都合が悪くなると先に相手を非難して、物事をうやむやにしてしまおうとする。中学で知り合ったときから、何も成長してねぇな。嘆かわしいのはおまえだ。骨の髄まで姑息な奴めっ！」

電車の中で睨み合っていると、間に挟まっているハルがおろおろとしながら二人を宥《なだ》めようとする。そうこうするうちに目的の駅に到着して、三人揃ってホームに降りた。

それでも睨み合ったままの善光と洋次にハルはお礼を言いながらも、丁重に合コンの誘いを断っている。

「僕は本当にそういう賑やかな場所は苦手というか、女の子と話すのが苦手というか……」

大学の女の子たちが家にきたときは部屋でわきあいあいと話をしていたのだから、苦手ということはないはずだ。女の子との出会いの場をそこまで拒む理由も思い当たらないので、きっと善光に遠慮しているのだろう。

そして、洋次といえばいつの間にか懇願モードになっている。

「マジでハルくんを連れていかないとまずいんだよぉ～。今度の合コンの目玉なんだからさ」

「おまえ、やっぱりハルを餌にしたな？」

目くじらを立てて怒っている善光だが、ハルを成田に迎えにいったときはまったく同じことを企んでいたことは内緒だ。それに、今の善光はもう心を入れ替えた。完全にハルを守るガーディアンとなったのだ。

両手を顔の前ですり合わせ、巨体を縮めるようにお願いしている洋次を見てハルは本当に困ったように俯いてしまう。いくら世話になっているホームステイ先の息子とはいえ、そこまで善光に義理立てしてもらうのも気の毒になってきた。

ここは一つに大人になって引き下がるしかないかと思ったとき、ハルが洋次に言った。

「あの～、だったら善光くんも一緒にお願いできませんか？」

「えっ、おい、俺はべつにどうしても合コンに……」

行きたいわけじゃないと強がりを言いかけたとき、ハルのほうが先に言った。

「僕、そういう慣れない場所に一人で行くのは不安なんです。でも、善光くんが一緒なら、行ってもいいかなって……」

「そうは言われてもなぁ」

困ったように頭をかいている洋次に、ハルが珍しくきっぱりと言う。

「善光くんが行かないなら、僕も行きません」

「ハル……」

なんて可愛いことを言うんだろう。やっぱり、いい子だ。そして、ハルには俺がついていないと駄目なんだと思った。こうまで頼りにされては、一人にしておけない。

ハルの思いがけない要求に、洋次は隣で悔しそうに唸《うな》っている。善光は出し抜かれそうになった仕返しとばかり人差し指で自分の鼻の頭を押し上げて、豚っ鼻で洋次に向かって舌を出してやった。

◆
◆

今現在の善光の生活について、円グラフで重要性の度合いを表現するならば、円の四分の三は合コンとなる。残りの四分一をバイク代のためのバイトと大学のレポートとその他諸々が占める。

それほどに大切な合コンに思いっきり気合を入れてやってきたというのに、善光はさっきから気もそぞろでずっと落ち着かない。

というのも、自分から遠く離れた席に座っているハルが数人の男女に取り囲まれていて、その小さな体が今にも埋もれそうになっているからだ。

善光は何度も遠く離れた席で立ち上がったり座ったり、体を横にずらしたりしながらハル

の様子をうかがっている。

（おい、そこの男、近いんだよっ。あっ、そのケバい女、あんまりベタベタとハルに触るな。ハルが困ってんだろうがっ。ああーっ、おまえ、眼鏡野郎っ、何やってんだ。ハルの手を握るなんざ、十万年早いってぇのっ。可愛い手にバイキンが移るだろうがぁーっ）

などと、腹の中で忙しく毒づいているうちに、さっきまで自分の目の前に座っていろいろと話しかけてくれていた女の子が「最低っ」という捨てゼリフとともにどこかへ行ってしまった。

その子の背中を眺めながらハッと我に返ってこの場にいる目的を思い出したものの、こんな状況ではとうてい女の子を口説くことに集中できない。

洋次はといえば、なぜか合コンの場で幹事の男とヒソヒソ話をしている始末。ハルだけでなく善光まで連れてきたことで男女の人数が合わなくなり、文句を言われているのかもしれない。だったら、いい気味だ。

だが、その洋次がニヤニヤと笑いながら善光のところへやってくると、隣に座って耳打ちをしてくる。

「おい、朗報だぞ」

この男の「朗報」くらいあてにならないものはない。たった今、目の前から女の子が去っていったばかりの善光は不機嫌さを隠そうともせずにそっぽを向いていると、洋次は右手の親指を立てて言った。

「やっぱり、ハルくんを連れてきて正解だった。これからもハルくんを連れてくるなら、俺とおまえはあいつが主催する合コンのレギュラーってことだ」

「何っ？　それマジか？」

それは確かに朗報だ。というのも、今夜の合コンを主催している幹事役の男は、大学でももっとも顔が広く、女子大生にかぎらずあらゆる業界の女の子とのコネクションを持っていることで有名だ。

なので、この男の主催する合コンに潜り込み、実際彼女を見つけたという連中はけっして少なくない。洋次の言葉に思わず善光もニヤリと笑みが漏れる。が、次の瞬間、またハルのことを考える。自分たちの参加にはもれなくハルを同行させることになる。

今回の合コンは、「アメリカ人のT大大学院留学生」がくるという触れ込みでけっこうな人数が集まったらしい。誰もが金髪碧眼とまでは言わなくても、頭脳明晰な白人の青年を想像していたようだ。ところが、やってきたのはどこから見ても日本人の美少年だ。おまけに日本語がうますぎて、誰もがアメリカ人だということを疑っていたくらい。

ところが、留学経験のある奴が英語で話しかければ当然ながらネイティブの英語がかえってくる。おまけに、女の子のように可愛い容貌でいて紛れもなく最高学府のT大の大学院生だ。ハルがその場にいた参加者全員、男女を問わず魅了するのに十分とかからなかった。

そして、今も数人の女の子ばかりか野郎どもにも周りを取り囲まれて、あれこれと質問攻めに遭っている。何を聞かれてどう答えているのかわからないが、すっかり縮こまって頬を引きつらせているのが見える。

そういう姿を見ていると、『賑やかな場所は苦手というか、女の子と話すのが苦手というか……』と曖昧に話していた言葉が案外嘘ではないような気もしてきた。

そんなハルをこういう場所にたびたび連れてくるのは可哀想なんじゃないか。そう思った瞬間だった。心配そうにその様子を見ていた善光と、数人の男女に囲まれてちょっと困ったようにしていたハルの視線が合った。

ハルは一瞬こちらに縋《すが》るような目をしたかと思ったが、次の瞬間にはなんでもないように話しかけられた誰かに向かって笑顔で答えている。

（ありゃ、楽しんでいるのかそうじゃないのか、どっちなんだ……？）

正直、見ていてものすごく判断に迷う。そう思ったとき、もし自分があの立場だったらどうだろうと考えてみた。

数人の男女に取り囲まれて、あれこれと質問攻めに遭っている自分。女の子からならどんな質問も嬉しいし、軽く体が触れ合おうものならちょっと得した気分にもなるだろう。だが、野郎どもに囲まれてあれこれ聞かれるなんて真っ平だ。まして、手など握られたら、力のかぎり振り払ってやる。

きっとハルもそう思っているから、ああいう中途半端な表情になっているのかもしれない。おまけに、ハルはつい先日電車の中で痴漢の被害にも遭っている。女の子を見るように話しかけてくる男どもなど、正直ゾッとしないと思っているのだろう。

ただし、こんな大勢の目がある場所で女の子を口説きにきているはずの野郎どもが、ハルに怪しげな真似をするとは思えないので、その点だけは安心してもいいだろう。

それでも、善光がいささか複雑な心境でハルの様子をうかがっていると、隣にいた洋次が誰か声をかけられそうな女の子がいないか探しながら言う。

「いやぁ～、これで俺らの春も遠くはないな。これもすべてハルくんのおかげ。見た目最弱でいて最強の留学生がきたってことだな。こうなったら、彼にもぜひ日本でいい思い出を作ってもらいたいもんだ」

洋次の言葉にまた「んっ？」と引っかかる。洋次の言うところの「いい思い出」というのは、ハルが可愛い日本人のガールフレンドを見つけるということだろう。

こうして今後も定期的に合コンに参加する権利を得たのはハルのおかげなのだから、その本人が一番いい思いをするのは当然だ。

そのとき、はたと考えたのだが、ハルはどんな子が好みなのだろう。可愛くて気が合えばつき合うのは日本人の女の子でもいいと思っているのだろうか。よしんば日本人の彼女ができたとしても、留学期間が終わってアメリカに戻ったら太平洋を越えた遠距離恋愛になってしまう。

それとも、日本でのガールフレンドは日本でだけのつき合いということもあるが、ハルはどう見てもそんな器用で割り切った真似ができるタイプには思えない。

そういえばハルとは男同士なのに、なぜかそういう話をしたことがなかった。洋次との会話など、それこそ円グラフでその内容を表すなら九十パーセントが女の子とエロ話で、残りの十パーセントがバイクといったところだ。

（でも、まぁ、ハルは洋次とは違うからな。馬鹿でも下品でもないし……）

そう思ったものの、あの痴漢に遭ったあとに身を捩りながらトイレに行ったときの姿をまた思い出してしまう。あんな可愛い顔をしていてもやっぱり興奮もすれば、そういうことにもなるということだ。

もちろん、あれは不可抗力であり、男の体はそんなふうにできているのだから仕方がない。ハルの体が堪《こら》え性がないのではなく、痴漢野郎があまりにも下種《げす》だったというだけのこと。

ただ、善光の中でハルというのはあまりにもそういう生々しい匂いや雰囲気がなかっただけに、かえって意識してしまうのだ。そのせいであんな夢まで見てしまった。

『好き……』

『ハル、俺も好きだ。おまえが可愛い……』

思い出したら、思わず一人で赤面してしまう。そんな善光を見て、隣にいた洋次が怪訝な顔をしていたが、すぐに近くの席の女の子が話し出した最近見た映画の話を聞きつけ、好きでもない恋愛映画の話題に無理矢理加わっている。

結局、善光はその後も一人で誰に声をかけるでもなくぼんやりとハルの様子をうかがっていた。ときおりどこからともなく女の子がやってきて、隣に座って話しかけてくれるが、それもどこか上の空で返事しているものだから、すぐに呆れたように去っていってしまう。

（俺、何やってんだ……？）

せっかくの合コンで、女の子の質は高くさっきから珍しく声をかけてくれる子もいるというのに、過保護な保護者のようにハルのことばかり気にしている。

でも、自分はハルを守ると決めたから、その誓いだけは破りたくない。ここでハルの存在をおざなりにして自分のことだけに夢中になるのは、男として筋を曲げたことになると思うのだ。

それにしても、アメリカにいたときはまったくもてなかったと言っていたハル。日本にやってきて世の中がひっくり返ったようにもてている現実をどう思っているんだろう。これが善光や洋次なら、ついに我が世の春がきたとばかりに浮かれまくるところだが、どうもハルにはそんな様子も見受けられない。たまたま今夜は好みの子がいないだけだろうか。考えてみると、善光はハルのことを知っているようで実はまだまだ知らないことだらけだ。

気がつけばハルが日本にきて一ヶ月半が過ぎている。残りの滞在もあと一ヶ月半ほど。夏休みに入ってアメリカに戻るまでに、ハルのことをどのくらい知ることができるだろう。

でも、ハルのことをどんなに知っても、彼はアメリカに帰っていくのだと思うと、善光の心の中に言葉にならない寂しさが小さな疼《うず》きとなっていた。


「俺だってさ、女の子とつき合ったことは二度や三度くらいあるんだよ。ただ、それが三日、一週間、最長二週間で終わったってところが問題なだけだ。一度もつき合った事実のない善光とは、そのへんが大きく違うから」

ハルに向かって自慢げに言うと、善光のほうをチラリと見てから洋次はフンと一つ鼻を鳴らした。その週末も三人揃って合コンへ参加予定なのだが、その前日になぜか洋次がふらりと善光の家にやってきたのだ。理由はわかっている。夕飯目当てだ。

中学のときから同級生の彼の家は自転車で十分、原付バイクなら五分の距離。中学、高校時代と互いの家をしょっちゅう行き来していたが、大学生になってからはその回数は減っていた。

大人になってまで互いの家を行き来するような馴れ合いの関係を断ち切りたい思いが、それぞれの胸にあるからだ。が、大学で毎日のように顔を合わせているのだから、それも大して意味はない。

　そして、今でも自分の家の夕食のメニューが気に入らないと、ふらりと神田家の夕飯に勝手にご相伴にやってくる。こういう図々しさは善光には真似できないが、両親は洋次が食卓に座っているのを見ても、あまりにも日常の光景なのでもはや何を言うでもない。母親にいたっては当たり前のように「洋次くん、お代わりは？」などと聞くくらいで、一事が万事細かいことにこだわらない親なのだ。

　夕食後には当たり前のように善光の部屋にきてバイク雑誌など読んでいたが、思い立ったようにハルを呼んできて明日の合コンの作戦を立てようなどと言い出した。

　夕食後は部屋でレポートを書いていたハルだが、近頃通学電車で世話になっている洋次の誘いは断れなかったのか善光の部屋に引っ張られてきた。

　ある意味、「もてない同盟」が三人揃った初めてのミーティングといってもいい。ただし、現在のハルはすでに同盟を抜けつつある状態だが、未だ彼女ができていないという意味ではかろうじて同じ括《くく》りの中にいることになっている。

　そこで、洋次の過去の数少ない恋愛経験の話が飛び出したものの、人を落として自分を持ち上げるという相変わらず姑息な真似をする奴だ。だが、善光としてもギリギリと悔しさに歯噛みをしているばかりではない。

「確かに、俺は女とつき合ったことはない。だが、おまえと違ってラブレターをもらったことがある。そして、学校帰りに女の子に待ち伏せされて告白されたこともある。つまり、もてないわけじゃないが、相手を慎重に選んでいるということだ。同じように彼女がいないといっても、おまえとは意味合いが違うんだよ」

嘘は言っていない。事実、ラブレターはもらった。ただし、その送り主はよっぽど慌てていたのか間抜けなのか、自分の名前や連絡先を書いてくれていなかった。それゆえに、善光から連絡の取りようもなく、相手は返事がもらえず脈なしと思ったのか、恋はそのまま立ち消えになってしまった。

また、学校帰りに待ち伏せされて告白されたのも事実だ。駆け寄ってきた小柄なカワイコちゃんに話があると言われ、近くのファストフード店で聞かされたのはそのカワイコちゃんの友人からの伝言だった。

『わたしの友達の真鍋朝子《まなべあさこ》って子が神田くんのことを好きになってぇ。それで、できたらおつき合いしたいっていうんだけど、本人は恥ずかしがっていてぇ。だから、わたしが恋のキユーピッドっていうか、そういう感じなのよぉ』

間延びした話し方にちょっとだけイラッとしたけれど、この際彼女の友人の「真鍋朝子」ちゃんに期待しようと思った。ところが、店の片隅に座っていた長身の気のきつそうな女がズカズカと近づいてきたかと思うと、善光に向かって言ったのだ。

『う、嘘だからねっ。あんたのことなんか好きじゃないからっ。この子が勝手なこと言ってるだけだし、信じないでよね。誰があんたなんか……っ』

真っ赤な顔をしてそう言った朝子ちゃんとやらは、そのまま伝言にきたカワイコちゃんの手を引っ張っていってしまった。一人残された善光は呆然としたまま数分間その場にいたが、結局自分が告白されたのかふられたのかよくわからないままだった。

というわけで、あまり得意げに話すことでもないが、洋次ごときに意味もなく差をつけられるのは気に入らないので語ってみた。へへんとばかりさりげなく胸を張っているとムッとしていた洋次だったが、急に何かを思い出したようにニヤリといやな笑みを漏らす。

「ああ、そういえば、もててたよな。ラブレターももらってたし。ただし、女だけじゃなくて男からもな。おまえ、正門の前で男に待ち伏せされたこともあったよな。いやぁ〜、あれは笑ったね」

「えっ、男……ですか？」

それまで善光と洋次の泥試合のような恋愛話を笑って聞いていたハルだが、急に不思議そうな顔になって善光の顔を見たかと思うとたずねる。

「あっ、そ、それは……、あれだ。なんていうか、何かの間違いっていうか、多分冗談か罰ゲーム……」

「じゃねぇだろ。手紙を差し出して真っ赤な顔で読んでくださいって、他校の男子生徒に待ち伏せされていたじゃねぇかっ。勇気ある話じゃないか。他校からわざわざ男が男に告白にきたんだぞ。それをおまえって奴は全力ダッシュで逃げ出しやがって。このチキン野郎めっ」

またそうやって人の灰色の歴史をほじくり返す。こいつは「親友」の皮を被《かぶ》った「苛めっ子」なのか。


高校時代はバスケット部でそれなりに活躍していた善光と洋次だが、女に縁がなかったのはお互い様だった。なにしろ男子校だから、女の子との出会いの場がそもそもなかったのだ。

ただし、まるで「魂の双子」のような善光と洋次にも、はっきりとした違いというものがあって、それはなぜか善光は男にもてた。洋次の言うとおり、下級生の男子生徒から何回かラブレターらしきものをもらったことがあるし、体育館の裏に呼び出されて差し入れなんかもよくもらっていた。

「おまえは確かにもてる。それは認めてやるよ。ただし、女より男にな。そして、俺はそれに関してはまったく羨ましくもない。いいか、男にもてたところで、それは人生の春とは呼べんのだ」

「俺だって男にもてたって嬉しかねぇよ。それより、彼女だ、彼女。明日の合コンの打ち合わせにきたんじゃないのか、おまえは。余計なことばっか言ってんならさっさと帰れっ。俺は風呂に入りたいし、ハルだってレポートがあるんだよ。おまえのような暇人とは違うんだ」

ふて腐れたように言うと、洋次はまぁまぁと善光を宥めながらここからが本題とばかり明日の作戦を語り出した。

「さて、俺らが揃って参加する合コンも次回が三度目だ。残念ながら、先の二回では三人とも理想の彼女と巡り合うことは叶わなかった」

理想云々《うんぬん》の前に、善光と洋次は声をかけた女の子すべてに玉砕しただけだ。そして、ハルはほぼその場にいる男女を問わず全員からメールアドレスを聞かれていた。以前にもましてひっきりなしに携帯の着信音が鳴り響いているが、ハルがそれらにいちいち返事をしているかどうかはわからない。

「情報によると、明日もハルくんのおかげで女の子の集まりは上々らしいぞ。というわけで、次回の作戦では我々はハルくんのそばにつくことにする」

「はぁ？　どういうことだ？」

「だから、どうせ一番人気はハルくんだろう。ハルくんのそばにいれば、それだけ女の子が集まってくるということだ。ハルくん狙いの女の子たちはかなりの競争率になるわけで、当然ながら戦線離脱する女子もいる。そこをおまえと俺が玉網でガァーッとすくうわけだ。どうよ、この完璧な作戦」

ハルは身振り手振りを入れて説明する洋次をポカーンと眺めている。善光といえば、呆れたように思わず溜息を漏らす。

「おまえにはプライドというものはないのか？」

「ないっ！」

一秒たりとも考えずに返事をされたら、もはや突っ込みようもない。そうして、明日の作戦を意気揚々と語り帰っていった洋次。だが、ハルの表情はどこか浮かない。

そこで、善光はこの際だから訊いてみた。

「あのさ、ハルは合コンに参加していて楽しいのか？　本当に日本人の彼女ができたらいいと思ってる？」

「えっ、ど、どういう意味ですか？　彼女とか、そういうことは……。えっと、僕は……」

洋次が帰り二人きりになった善光の部屋で、ハルは思いがけない質問を受けたかのように少し言葉に詰まっている。日本語が日本人より達者なハルには珍しい。何か心に思うことがあるから、言葉がちょっと上擦ったようになっているんじゃないだろうか。よく見れば、視線も泳いでしまっていた。

善光自身、ここのところ立て続けに合コンに参加して思ったことがある。それは「魂の双子」である洋次にも言えないことだ。

「俺は……、正直に言うと、合コンで女の子と会って話していてもあんまり楽しくない」

「えっ、そ、そうなんですか？　でも、彼女がほしいって言ってましたよね？」

「彼女はほしい。そりゃ、切実にほしいさ。でもなぁ、ああいう場所で出会って、アドレスを交換して、なんとなくメールのやりとりをしてっていうのは違う気がするんだよな。なんかよくわからんけど、俺は……」

そこまで言ってからハルの顔を見て、すぐに視線を逸《そ》らしてしまった。というのも、何かひどく気まずい思いが込み上げてきたからだ。

(な、なんでだ？　なぜ、今、このタイミングであの夢を思い出してしまうんだ……っ)

心の叫びは誰にも聞こえていないはずなのに、善光は一人で赤面して片手で顔を覆う。そして、自分の不自然な挙動をごまかすようにハルに話を振る。

「そ、それより、ハルはどうなんだ？　あれだけ入れ代わり立ち代わり女の子が声をかけてきたら、中には気になる女の子の一人や二人はいたんじゃないのか？　言っておくけど、俺らに遠慮する必要はないからな。いいなって思う子がいたら、ちゃんと二人きりで会えるように段取りすればいいだけだから……って、『段取り』って意味わかるよな？」

「それは知ってます。『prepare』とか『make an appointment』という意味ですよね？」

その英語の意味がわからないが、とりあえず頷いておく。すると、ハルはちょっと困ったような笑みを浮かべて言う。

「でも、僕はべつに女の子と出会いたくて行っているわけじゃないですから」

「えっ？　だったら、なんで合コンに参加してんだよ？」

「それは……」

口ごもったハルを見て、善光は彼の半分くらいのＩＱで考えてみた。そして、出した答えはかぎりなく日本人的な「気遣い」とか「おつき合い」という言葉。

「おまえさ、ああいう場所が苦手なんだろう。いつか言ってたよな。賑やかな場とか女の子と話すのも苦手だって。あれって、やっぱり本当だったんじゃないのか？」

黙っているのがすべてを肯定しているとわかった。でも、それならなぜ合コンに参加しているのだろう。考えるまでもない。答えは一つだ。

「本当は、洋次と俺のために無理してたんだろう？」

そんなことはないと言おうとした顔が引きつっていて、善光のほうが思わず頭を抱えた。

それを見て、ハルが小さな声で謝る。

「ごめんなさい。でも、恩返しがしたかったんです……」

やっぱりと思うと同時に、いまどき恩返しなんか鶴でもしないからと言ってやりたかったが、この冗談が通じるかどうかわからなくて結局呑み込んでしまった。

「えっと、どういう意味かわからないけど、いやなことははっきりといやだって言えよ。べつに無理をする理由なんかどこにもないからな」

「でも……」

ハルが恐縮したように何か言おうとしたので、善光のほうからきっぱりと伝えておく。

「あのさ、電車通学につき合っているのは、本当に俺らの時間が許すからであって、そんなことは気にする必要もないんだ。だから、合コンがいやなら正直に断ればいい」

それでも、ハルはやっぱり黙ったまま俯いている。彼には彼なりにいろいろと悩みがあるのかもしれない。素直でいつもニコニコ笑っているけれど、彼の心の中にはどれくらい思い悩む気持ちがあるのだろう。

ふと、その胸の内を知りたいと思ったのは、けっして単純な好奇心というわけではない。善光はハルの笑顔を見るたびに、心がふんわりとした気分を味わってきた。もしハルがあんなふうに笑う気持ちを忘れるほど思い悩むことがあるとしたら、何があってもそれを彼の人生から取り除いてやりたいと思ったのだ。

「俺はハルのいやがることをさせている自分がいやなんだ」

その一言にハルはハッとしたように顔を上げて善光を見ると、やがて申し訳なさそうに呟いた。

「あの、本当のことを言うと、合コンは苦手です」

だったら、何でもっと早くに言わなかったんだというのは愚問だ。言えるわけがない。痴漢から守るためにハルを送っていくのは正義感に駆られた二人の善意だが、ハルが恐縮していたことはわかっている。それに何か恩返ししようと考えたのだ。

自分が合コンに出席すれば、善光と洋次もまた参加が認められる。そして、二人はそんな出会いの場で彼女を見つけることに鼻息を荒くしていると思えば、苦手だからといって断れなくなってしまうのは優しいハルなら当然のことだった。

善光はハルの本音を聞かされて、いまさらのように己の考えの至らなさに自分を罵った。

合コンの場で、ハルはいつもどこか心落ち着かない様子でいて、懸命に周囲の人たちに気遣って笑みを浮かべていた。

ハルのことをすべて知っているわけではないけれど、なんとなく「いや」とか「嫌い」とか否定的なことを言うのが苦手なタイプだと思う。それだけに、不特定多数の大勢の中にいると誰に対しても笑顔でいようとして、ひどく疲れるのだろう。ようするに、洋次とは正反対の繊細な人間ということだ。

善光は目の前で申し訳なさそうに膝を抱えて座っているハルを見て、なんだかたまらない気持ちになった。そして、勉強机の椅子から立ち上がり自分もハルの前に胡坐《あぐら》をかいて座った。

「なぁ、ハルが日本にいるのもあと一ヶ月ほどだろ。せっかく日本にきたんだから、楽しい思い出をいっぱい作っていってほしいと思う」

でも、ガールフレンドを作るばかりが楽しい思い出とはかぎらない。本当にハルがしたいこと、ハルが見たいもの、そういうものがあるなら善光は残りの日々できちんと協力してやりたいと思った。そのためにも、もっとハルという人間が知りたい。

そのことをきちんと言葉にして伝え、あたらめてハル自身のことを訊いてみた。

「アメリカにいたら、休みの日は何してる？　これまで見た映画で一番好きなのはなんだ？本はやめてくれよ。俺が読んでないからわからないんだ。それから、親友と呼べる奴はいるのか？　ハルの家族についてももっと聞きたいな。それに、もう亡くなったっていうお父さんのことは覚えてる？　思い出話でもいいから聞かせてくれよ」

善光が思いついたことをあれこれ質問すると、ハルはにっこりといつもの笑顔を浮かべてみせる。そして、一つ一つの質問に、ちょっと考えたり思い出したりしながら丁寧に答えていく。自分のことを話しているときのちょっとはにかんだような表情は、なんだかとてもはかなげだ。そして、家族のことを話すときは幸せそうになる。

「お母さんはしっかり者で優しくて、料理も上手です。今は家で週に二回、近くの人にパン作りを教える教室をやっています。以前は死んだお父さんのパン作りを手伝っていたので、お母さんもパンを焼くのはうまいんです。ときどきパーティーで使うからと注文も入るくらいです」

はかなげで若々しい容貌は、写真で見たかぎりハルにそっくりだった。ハルが歳をとればあんな感じになるんだろうかと容易に想像できる。

ハルの言葉を聞きながら、そんな母親と再婚した義理の父親と血の繋がらない弟たちで暮らす、五人の温かい家の様子を思い浮かべる。

「お義父さんは警察官で普段は忙しいんですが、休みの日には裏庭で大工仕事をするのが趣味なんです。お母さんは背が高くないから、キッチンの戸棚の高いところに手が届くようにって、休日にスツールを作ってくれたりするんです。もうプロが作ったみたいに上出来で、全体をピンク色に塗ってから赤でお母さんの名前まで入れて……」

　警察官の義父は聞けば聞くほど強くてたくましくて優しいという、アメリカの理想の父親を想像させる男だ。

「お義父さんはいつもお母さんに優しくしてくれるから、僕も嬉しいんです。だから、僕もいい息子でいたいって思うんですけど……」

　ハルが新しい父親を慕う気持ちに嘘があるとは思えない。けれど、義理の父親への遠慮のようなものが言葉の端々に見え隠れしているのは、単なる善光の気のせいだろうか。

「ライアンとショーンは僕に日本語を教えてって言うんだけど、いつも途中で悪ふざけが始まってしまって続かないんです。二人とも体を動かすことのほうが好きだから、そのうち庭に出てバスケをやりだして、最後にはそのボールでラグビーになっちゃうんです。僕もバスケなら一緒にやれるけれど、ラグビーになっちゃうと、もう体力で負けるから……」

　少し離れた場所で、その様子を笑いながら見ているハルの姿が目に浮かぶ。でも、弟たちに対しても、義父に対して感じている小さな違和感のようなものがある。可愛いと思いながらも、自分は彼らとは違うと思っているところがあるような気がしたのだ。

　単に日本語のニュアンスがうまく使えていないせいならいいのだが、善光にはそれだけではないような気がした。理由も何もない。ただ、それはカンとしかいいようがなくて、母親のことを話すときと義父や義弟たちのことを話すときのハルの表情には微妙な違いがあるように思えたのだ。

「じゃ、ハルは今のお義父さんに悩み事を相談したり、反対に弟たちの悩み事を聞いてやったりするのか？」

　深い意味はなかった。彼らが心から打ち解けているなら、それは自然な行為だと思ったのだ。だが、一瞬ハルは言葉に詰まった。

「弟たちはまだそんなに深刻な悩みはないみたいです。たまに数学のテストがひどく悪くて叱られたとか、ラグビーやバスケの試合で活躍できなくて落ち込んでいたりとかかな。それに、僕はもう大人だから、お義父さんに相談する前に自分で解決できるよう努力をします」

「そういうもんなのか？」

　アメリカの若者は日本の若者よりずっと自立しているみたいなことを聞くが、ハルもそういう考え方なんだろうか。

「善光くんだって、お父さんに恋愛相談とかしないでしょう？」

　言われてみればそうだ。父親にそんなこっ恥ずかしい真似なんかできるわけがない。それに、そんなことはもっぱら親友の洋次と年がら年中やっている。

　義父のことは慕い尊敬もしているが、あまり相談事を持ちかけることはないようだ。だったら、ハルの実の父親はどんな人だったのだろう。実の父親が生きていたら、ハルの考え方も少しは違っていただろうか。

「じゃさ、ハルは亡くなった本当のお父さんのことはどのくらい覚えているんだ?」

「お父さんが死んだのは十歳のときでした。だから、思い出ならたくさんあります。僕のミドルネームの『ハル』はお父さんがつけたんです。春は桜が咲いて、景色が柔らかいピンク色に包まれるとてもきれいな季節だからって、日本を偲んでつけたそうです」

それでハルは日本では「クリス」ではなく、「ハル」と呼んでほしいと言ったのだ。でも、ハルが日本にやってきたときすでに桜は散っていた。きっと自分の名前の由来の「日本の春」を見たかったんじゃないかと思う。

「前にも言いましたよね。僕のお父さんは日本でパン職人だったんです。とても腕がいいので評判だったんですよ」

そんなパン職人の父親との結婚を反対されて母親は家を飛び出し、二人は半ば駆け落ち同然で渡米したと聞いている。

「向こうでは苦労したみたいです。なかなかグリーンカードも取れなかったみたいだし。それでも、お父さんのパン作りの技術のおかげで仕事はすぐに見つかったし、あの頃はどんなに苦労しても楽しかったってお母さんが今も言っています」

米が主食の日本だが、日本のパンくらい美味しいものはないとハルは言う。

「北米では日本みたいな『ふわふわ』で『もっちり』なんてパンはないんです。それに、日本のパンは種類も多いしフィリングもいろいろあるし、すごく美味しいですよ。きっと世界一じゃないかな。お父さんはそんなパンをサンフランシスコで焼いていて、日本人もたくさん買いにきました。特にアンパンが人気だったんです。本当に日本の味がするってお客さんが言っていました。僕ももちろん大好きです」

父親はパン職人の腕一つで身を立てて、妻との生活を守り、やがて一人息子のハルが生まれたという。実家と縁を切る形で渡米して十年。ようやく資金が貯まって、勤めていたベーカリーショップから独立しようとしていた矢先のことだった。

「働きすぎだったんです。まだ若かったから無理をしていても無理だって気づいてなかったみたいで……」

ある日、いつものように家を出るとき、母親とキスしていたと思ったらいきなりその場で父親が崩れ落ちるように倒れたのだ。その日は土曜日でハルも家にいて、父親の見送りをしようと自分の部屋を出た途端母親の悲鳴を聞いた。

「すぐに救急車を呼んで病院に搬送してもらったんですが、翌日の朝にはもう駄目でした」

それからは母親と二人絶望と悲しみに打ちひしがれた二年を過ごしたという。当時のことを思い出しているのか、ハルは鼻の頭を少し赤くして今にも泣きそうな表情になっていた。

善光は慌ててハルのそばに寄り、その小さな体をすっぽりと抱き締める。

「ごめん。辛いことを思い出させるつもりじゃなかったんだ」

そう言いながら、子どもにするように頭を何度も撫《な》でてやる。柔らかい黒髪が善光の手にしんなりと絡みつく。すると、ハルの手が善光の背中に回ったかと思うとぎゅっとシャツを握っているのがわかった。嗚咽《おえつ》が聞こえてきて、たまらない気持ちになる。

どんなに頭がよくたって、悲しみに打ち勝つのは難しいにきまっている。ハルは泣きたいとき、思いっきり泣けたのだろうか。小さくても母親を支えようとして、一生懸命笑っていたんじゃないだろうか。

なんだかそんな気がして、善光はハルを抱き締める腕に力をこめる。だったら、誰がハルを支えてきたのだろう。この先も辛いことや悲しいことがあったとき、誰がハルを守ってやるのだろう。

「あの、ごめんなさい……。もう大丈夫……」

ハルはそう言うと、自分の手の甲で涙を拭《ぬぐ》って善光の胸から離れる。そして、その顔はやっぱり思っていたとおり、無理矢理作った笑顔でくしゃりと歪《ゆが》んでいた。

「ハル……ッ」

善光は自分の腕の中から離れていこうとしたハルを今一度抱き締めた。

「おまえさ、無理して笑うことない。辛いときはそう言えばいいし、苦しいときは誰かに助けを求めてもいいし、一人で頑張ることないからな。少なくとも、日本にいる間は俺が守ってやるからさ」

ほんの二ヶ月前までは顔も名前も知らなかった。いきなり母親が留学生をホームステイさ

せると聞いたときは、正直面倒なことをと内心舌打ちしたくらいだ。でも、今ではハルという存在が自分の中にしっかりとあって、不思議なほどに大切に感じられる。

「善光くんはすごく優しいですよね。そういう自分を人に知られたくないみたいだけれど、僕にはちゃんとわかります。優しい人だから、甘えすぎて困らせたら駄目だって思っていたのに、善光くんのそばにいると僕はすごく安心できるんです」

そういう嬉しいことを言われると、みっともないくらい目尻が下がってしまう。善光のほうこそ、ハルの存在が身近にあることで強くあろうとする自分を思い出していた。それはとても自分に正直に向き合えているようで、心地のいい状態なのだ。

そのことを伝える言葉を見つけられないでいると、ハルが善光の胸の中でうっとりと呟く。

「僕は、日本にきてよかったって思うことはたくさんあります。その中でも、善光くんに会えたのが一番嬉しかった……」

これ以上の言葉を十九年の人生で聞いたことはない。善光は幸せすぎて、自分よりずっと小さな体を抱き締めたこの手を離せなくなってしまいそうだった。

◆◆

ハルの本当にしたいこと見たいもの、そういうものがあるなら教えてほしい。善光は残りの日本滞在の間、できるだけ協力すると言った。

すると、ハルが遠慮気味に善光に頼んだことがあった。

「はぁ？　買い物？」

それは意外なお願いだった。女の子なら日本のお洒落なファッションを見て回り、可愛い洋服を買いたいというのはわかる。けれど、ハルからそんな注文が出るとは思わなかった。だが、ハルにはハルの悩みがあったらしい。

「だって、日本の人はみんなお洒落でしょう。大学でも僕くらいだから、こういう格好。だから、善光くんみたいなお洒落なファッションをしてみたいと思って……」

そう言ったときのハルの表情と態度が本当に恥ずかしそうだったので、思わず愛らしすぎてまた抱き締めたくなり、うずうずする両手を自分で宥めるのに苦労した。

近頃はハルが何をしても手を出してしまいそうになる自分がちょっと怖い。もちろん、べつによこしまな気持ちではない。純粋に可愛いなと思うのだ。多分それは可愛い犬や猫を見て、ついつい抱き上げてしまいたくなる気持ちと一緒だと思う。実際、そうでないと困るのだ。

「わかった。買い物な。じゃ、大学帰りに待ち合わせるか」

東京に慣れてきたとはいえ、まだまだ不案内な場所が多いハルが迷子にならないよう、結局は赤門の前まで迎えにいった。善光を待っていたハルは例によって同じ大学や院の学生たちに囲まれていたが、そのときにあらためてハルの言っている意味がわかった。

ハルはまだ十九歳だが、院の学生はもう二十四、五だ。中にはかなり大人っぽいファッションの人もいる。また、大学生でも日本の二十歳前後の女の子は、それなりにファッションに気遣っている子がほとんどだ。特に近頃のT大生は金持ちの子女が多いという話で、それを裏付けるようにブランド物で身を固めている子もいた。

そんな中にいてハルはいかにもアメリカの大学生という感じだ。

（いや、あれはアメリカのハイスクールの生徒って感じか……）

身長は百六十五ほどで、おまけに童顔。周囲の学生がファッション雑誌から抜け出してきたようなのに、一人だけTシャツにジーンズにデイパックというスタイルはカジュアルすぎてよけいに子どもっぽい印象になっている。

善光はそのとき、ビーグル犬が主人公のアメリカのコミックに出てくる少年を思い出して、内心噴き出しそうになってしまった。

だが、ハルが善光に気づいてこちらを見たので、慌てて表情を引き締め手を振った。ハルは友人たちに別れを告げると、善光に向かって駆けてくる。その姿さえ子犬のように愛らしくて、思わず両手を広げて迎えると、そのまま抱き上げてグルグルと回したくなる。

もちろん、そんな真似をしたらハルは目を丸くして驚くだろうし、周囲からは奇異な目で見られるだろうからグッと自分を理性で抑える。

「で、どんな服がほしいんだ？」

「よくわからないんです。僕、あんまりファッションとか考えたことがなくて……。でも、善光くんとか洋次くんみたいな感じはカッコイイなって思います」

そう言ってもらえるのは有難いが、多分このファッションはハルには無理だろう。善光の今日のファッションは、VネックのTシャツに黒のカーディガンと迷彩のパンツで足元がワークブーツというスタイル。どうってことはないが、これを小柄で少女のような顔つきのハルがやると、お兄ちゃんから借り着して背伸びしている高校生みたいになるに違いない。ハルくらい華奢な体ではTシャツの首のデザインも選ばないと、よけいに貧弱さが目だって可哀想なことになる。

「まぁ、ハルにはハルに似合うスタイルってのがあるだろうから、適当な店を回ってみるか」

金のない善光が行く店は、安くて今風なものが見つかる店か古着屋などがほとんどだが、そんな店でもハルは大喜びで、目をキラキラさせながら自分に似合うものを選んでとねだる。

適当なものを組み合わせてコーディネイトしてやると、ハルはどれもほしいと頭を悩ませていた。それほどふんだんに小遣いを持たされてきているわけでもないようだし、東京の物価の高さは世界一らしいのでTシャツ一枚でもずいぶんと考えて選んでいた。

結局、いつもハルがはいているジーンズに合うような水色のシャツと長袖のプリントTシャツ、他にはちょっと大きめのサマーニットを薦めてやった。

肩が落ちそうな襟首のサマーニットは善光の趣味だ。女の子が白い肩を片方出している感じが正直たまらない。でも、ハルにそれをされたらいろいろな意味で困るので、白のTシャツと重ねて着るように言っておいた。

「すごく嬉しいです。明日はどれを着ていこうかな」

ハルが買ってきたばかりの洋服を部屋に並べて、本当に嬉しそうに笑っている。

「合コンのときは、その水色のシャツを着ていくといい。ハルによく似合ってるから」

善光が言ってやると、ハルはそのシャツを自分の胸に当ててにっこり笑う。でも、すぐにちょっと困ったような顔になった。

その顔を見て善光も思い出した。ハルは合コンが苦手なのだ。でも、今週末の約束はもう洋次がいつものように取り付けてしまっている。いまさらハルが行かないというと、善光はともかく洋次はもうあの幹事が主催している合コンには呼ばれなくなってしまうだろう。

この際、洋次のことなどどうでもいいと思ってはいるものの、一応親友が哀れにしょぼくれる姿を見るのは本意ではない。あんな馬鹿でも中学からあれこれと苦楽をともにしてきた仲だ。

あちらを立てればこちらが立たず。短いつき合いとはいえ可愛いハルと、馬鹿だが親友の洋次。俺はどういう間に挟まってんだと考えてみたが、考えるほどに面倒な狭間《はざま》にいると思えてきて、考えることはやめにした。

考えることはやめにしたが、これを最後にしようと思っていた。他でもない、合コンのことだ。

ハルが苦手だと思っているのに、自分たちの都合で彼を利用するような真似はしたくない。洋次にはまだ話していないが、どうしても納得しないようなら「親友」という肩書きをかなぐり捨てる覚悟もある。でも、洋次のことだから、きっと説明すればわかってくれるはず。ただ、ドタキャンは人の道に外れるだろうということで、今夜だけは三人揃って合コン会場に出向くことにした。

「さぁて、今夜は昨日話した作戦どおりにな」

洋次が意気揚々と会場となっている店に入っていく。ハルはいつもどおりの笑顔だが、もうこれが本心からの笑顔でないことは知っている。だから、善光も全然楽しくないし、さっさと終わらせてハルを家に連れて帰りたかった。

ハルのおかげで念願の合コンに常連として顔を出すようになったものの、いまさらながらこういう出会いで彼女を作ることに疑問を感じている自分がいる。

「何を贅沢なことを言っているんだ。そんなことでは彼女がいないまま青春が終わるぞ」と言われれば、そのとおりかもしれない。洋次の言うように、女の子とつき合ったことは一度もない自分はどこまでも不器用な男なのだ。それでも、自分のことを知って、それでもまだ好きと言ってくれる人に出会うのはこういう場所でなくてもいいような気がする。

だらしない自分や、優柔不断な自分。そして何かに懸命になることを未だ知らない自分。そんな中途半端であることを「モラトリアム」とごまかしていられる日々もかぎられている。そんな自分を情けないと思っているのは、他の誰でもなく己自身だ。

ハルは自分のルーツをたどるように、日本の古典文学の勉強に励んでいる。将来は大学で教鞭を執りたいという夢もあるらしい。そして、それはけっして夢では終わらないだろう。そのために必要なことを、ハルは善光と同じ歳ながら着実に積み重ねていっている。

（だったら、俺は何をしたい？　何をすればいい……？）

そんなことを思うとき、善光の心はこれまでに感じたことのない焦りを覚える。ハルの存在が善光の中にくすぶっていた何かを目覚めさせようとしていた。これまで曖昧にしてきたことにけじめをつけようと思いはじめている。

もちろん、女の子と合コンの場で会ってメールアドレスを交換して、それで二人きりで会うのは心弾むことには違いない。でも将来の夢も見つけられていないのに、こんなことをしているのも何か虚しい気がするのだ。

昨日までの一番が一晩でそうじゃなくなるなんてことが、この世には本当にあるのだと思った。そして、まったく違う他の何かに心を奪われてしまう。こんなことは生まれて初めての経験かもしれない。

「じゃ、席は決めてないけど、適当に座って」

幹事の男はいつもけっこういい加減だ。噂では毎回違う女の子を口説いて、適当にお持ち帰りしては一晩かぎりでおしまいという遊びを繰り返しているらしい。

見るからに軽そうな男だが、こういうことを仕切る才能というのもあるのだろう。正直羨ましいと思ったこともあるが、今はまったくそんな気持ちにはならない。

それより、ハルだ。そばにいてやらなければと思ったとき、善光の背後から声がかかった。

「ねぇ、先週の合コンにもきてたわよね？」

「え……っ？」

振り返ると、そこには小柄で色白の目がクリッとした可愛い子が立っていた。かなり好みのタイプだ。

「こんばんは。また会えてよかった。先週は声をかけ損ねちゃったから、今度会えたら名前を聞こうと思っていたの」

そう言った彼女は善光を近くの席に座ろうと誘う。ハルのところへ行こうと思っていたが、思いがけず足止めを喰ってしまった。困りながらも、せっかく声をかけてくれた女の子を無下にはできない。女の子に恥をかかすのもまた本意ではないのだ。

それでもハルのことが気になって視線をやれば、洋次が昨夜の計画どおりぴったりと隣についてくれている。とりあえず、不埒な野郎がハルに手を出すようなことがあれば、洋次が一発喰らわせてくれるだろう。また、女の子からの質問攻めに遭ったとしても、これもまた洋次がしゃしゃり出て大いに邪魔してくれることを期待しておこう。

「名前、なんていうの？　すごくいい体してるのね。何かスポーツしているの？」

「あっ、俺、神田善光。スポーツは中学、高校とバスケをしてた」

「そうなんだ。身長あるものね。何センチ？」

「百八十二くらいかな。最近計ってないけど……」

善光の言葉の何が面白かったのか、その子はケラケラと笑っている。

「計ってなくても、もう伸びないでしょう？　それとも、まだ成長期とか？」

「あっ、いや、それはないか」

などと言いながら、女の子に合わせるようにヘラヘラ笑ってみせるが、なぜか気もそぞろで会話も上の空だ。せっかく好みのタイプの女の子に声をかけられ、合コン開始わずか数分でツーショットになっているというのに、せっかくのチャンスを目の前になんともしゃっきりしない自分だった。

「えっと、君もこの間いたんだよね？　名前なんていうの？」

「矢島茜《やじまあかね》。S大学の二年よ」

なかなかお上品な大学だ。今風なのにどこか清楚な雰囲気のあるファッションといい、ナチュラルな髪の色とか化粧も好印象だ。にっこりと笑ったときの柔らかい雰囲気も善光の好きな感じ。ちょっとハルに似ていると思ったが、やっぱり女の子だからその笑みには微《かす》かな媚《こび》が見て取れる。もちろん、悪い意味じゃない。女の子はこうあるべきだという愛らしい笑みだった。

「神田くん、理系なんだ。機械工学って難しそう。そういうの好きだったの？」

「まぁ、そうかな。俺がまだ小さい頃に親父が電子部品のはんだ付けを見せてくれて、なんかこういうのをいじれたらカッコイイかもなんて思ったのが最初かな」

中学に上がった頃にはそれくらいちょっと利口な猿でもできる技術だと知ったけれど、刷り込みってやつはなかなかの威力があったようだ。

「へぇ、そうなんだ。機械関係に強い人っていいよね。わたし、新しい家電とか買っても説明書読むのが面倒で、ずっと機能を知らないまま使っているものってけっこうあるのよね」

「ああ、そういう人多いよな。説明書に一度目を通すだけでもずいぶんと違うんだけどな」

「携帯電話とかならどんな機能もすぐに覚えちゃうのにね。不思議よね、なんでだろう？」

「使う頻度の問題だろうけど……」

などと、どうでもいい会話をしながらも見れば見るほど彼女は善光の理想に近い。会話が途切れそうになると話題を変えてくれるし、さりげなく飲み物の世話など焼いてくれる。それがいちいちわざとらしくなくて、本当に気のきくいい子なんだと思えた。こういう子となら一緒にいてもきっと楽しいに違いない。

昨日はハルとゆっくりと話をして、合コンなんかで知り合う女の子とつき合うなんて安直な考えはどうなんだなどと思うようになっていた。が、こうしてステキな女の子と出会ってみれば、すぐさま手のひらを返して心の中で「合コン万歳」と叫びそうになっている。洋次のことを馬鹿にできない馬鹿な自分。それでも、鼻の下を伸ばしながらハルと洋次の様子を横目でうかがった。

洋次がそばにいるかぎり、ハルにちょっかいをかけてくるような不埒な野郎はいないと思う。が、予定どおりハルのそばに行けずにいるので、どうにも心配だった。

一緒に話していた彼女がちょっと化粧室に立った間に善光も立ち上がってテーブルの奥に座っているハルの様子を見れば、なぜか隣にいるはずの洋次の姿がない。

（なんでだっ？　あの馬鹿、どこ行った？）

自分のことは棚に上げて洋次の姿を探せば、店の反対側のテーブルで珍しく二人の女の子に囲まれてデレデレと話をしている。そして、もう一度ハルのほうを見れば、なぜか周囲は野郎ばかりで固められている。

善光や洋次に女の子が声をかけてきた理由がなんとなくわかった気がした。ハルに男どもが群がってしまい、女の子があぶれている状態なのだ。

ある意味有難いが、それを有難がっていたらあまりにも情けない。それよりも、ハルがあの状況なのはどう考えてもまずい。

そもそも、合コンの主催者である洋次の知り合いの男が、どういうわけかぴったりとハルの横に座っていて、ときには肩に手を回したりしているのが気に喰わない。また、店の音楽のボリュームが少々大きいこともあって、会話の途中で男がハルの耳元に唇を近づけているのがさらに気に喰わない。

ハルといえば、そのたびにくすぐったそうにしてなんともいえない困った顔になっている。そして、その視線が泳いでいるのは、きっと助けを求めるために洋次か善光の姿を探しているからに違いない。

善光は急いでハルのところへ向かおうとしたが、その手をいきなり握られる。ハッとして振り返ると、化粧室から戻ってきた彼女が笑顔で立っていた。

「あれ、どこへ行くの?」

「あっ、いや、あの……」

「ねぇ、ここってちょっとうるさくない？　話がしにくいから、あっちのテーブルへ行きましょうよ」

そう言って、バルコニー近くの席を指差す。この店はビルの三階にあって、張り出したルーフバルコニーにもテーブル席が並んでいる。そこは暗黙の了解で、出来上がったカップル席となっているのだ。すなわち、窓辺に近づいていくにしたがって二人の仲が親密になっていき、最終的にはバルコニー席でツーショットとなり晴れてカップル成立というわけだ。

彼女に限りなくバルコニーに近い席に誘われた善光は、本来なら舞い上がって飛び跳ねながらついていくところだ。だが、今はハルのことが気になって仕方がない。

(仕方がないが、しかし……)

この状況というのも千載一遇のチャンスともいえる。これを逃したら、この先どのくらい干上がった寂しい青春が続くやもしれないのだ。

内心ものすごい葛藤を抱えながらも、半ば強引に彼女に手を引かれる格好で窓辺の席に腰を落ち着けた。

「えっと、矢島さんは……」

「茜でいいわよ。同じ歳だし、友達もみんなそう呼ぶから」

「あっ、そ、そう……」

「わたしも善光くんって呼んでいい？」

下の名前で呼び合うと、途端に親しさが増したような気になる。

「ねぇ、わたし見たい映画があるんだけど、誰もつき合ってくれないの。善光くん、一緒に行ってくれる?」

「へぇ、映画好きなんだ。俺もけっこう見るよ。で、どの映画?」

なんとなく話を合わせていたら、彼女の口から飛び出したタイトルは最近話題の邦画のホラー映画だった。それも3Dで制作された作品で、劇場中が阿鼻叫喚《あびきょうかん》の有様という噂だ。それは誰もつき合ってくれなくても納得だ。もちろん、善光だって遠慮したい。

この世で苦手と思うものは多々あるが、幽霊、心霊、物の怪の類《たぐい》はとりわけ駄目だ。だが、自分も映画が好きと嘯《うそぶ》いてしまった手前もあるし、男のくせに怖がりだと思われるのもいやなので、張り切ってもちろん一緒に見にいこうと言ってしまった。

内心まずいことになったとは思いつつ、ホラー話で盛り上がる彼女に引きつった笑顔で相槌を打っているときだった。いつの間にか善光と同じように女の子と二人連れになっていた洋次が隣のテーブルにやってくる。

カップル成立のバルコニー席まであと少しと鼻息も荒く、善光の姿を見つけるとぐっと親指を立てている。それを見て、善光はハッとしたようにハルのことを見る。

自分のことにかまけてハルのことを放置したままだった。それに、まかせておいた洋次もここにきているということは、すでに誰もハルの様子を見ていないということだ。

途端にさっきの野郎どもに取り囲まれている姿が思い出されて、心配になった善光がテーブルから立ち上がる。

「どうしたの？」

「あっ、あの、ちょっとトイレ行ってくる……」

笑って頷き、自分の携帯電話を取り出して彼女が言う。

「じゃ、戻ってきたらメールアドレス交換しようね」

本当なら両手の拳を握り、「ヨッシャーッ！」と叫んでいるところだが、今はそれどころではなかった。彼女の誘いにも適当に返事をして、すぐさま奥のテーブルを見るとそこはなぜか閑散としていた。善光があそこを離れるときは、大勢の男がハルを取り囲んで話していたのに、その連中が今は散り散りになっている。そして、ハルの姿が見当たらない。

（えっ、なんでだっ？　どこへ行った？）

もしかして、この場の雰囲気に耐え切れなくなって一人で先に帰ってしまったのだろうか。だが、ハルの性格からして、善光に一言もなく帰ってしまうなんてあり得ない気がする。トイレや店のあちらこちらを探してみたが、どこにもハルの姿がない。もしかして、洋次に何か伝言していったのかもしれないと思い、一度バルコニー側の席に戻ろうとしたときだった。

さっきまでハルを取り囲んでいた男の一人が、飲み物を片手にふらふらと女の子を物色しながら歩いている。善光は急いでその男のところへ行くと、彼の二の腕をつかみこちらを向かせた。

「な、なんだよっ？」

いきなり男に腕をつかまれて、驚いたように怒鳴る。だが、善光のほうがもっとすごい形相だったと思う。相手が一瞬怯《ひる》むのがわかったが、そんなことに気遣っている場合ではなかった。

「なぁ、ハルはどうした？　さっきまで奥のテーブルで一緒にいただろう？」

「えっ、ああ、ハルくんなら、高崎《たかさき》と一緒に店を出たよ」

「高崎と？」

高崎というのはこの合コンを主催している幹事の男だ。彼も確かずっとハルのそばにいたはずだ。だが、どうして幹事の彼が合コンの会場を抜けて、ハルと二人で店を出ていったんだろう。何かいやな予感がして、善光がさらに男を問い詰める。

「どういうことだ？　なぁ、なんでハルをあいつが連れ出すんだっ？」

すると、聞かれた彼は苦笑を漏らして善光を見る。それは、何を言っているんだと馬鹿にしている目だ。

「あのさ、合コンの場にいてツーショットで抜け出すって、どういう意味か決まってんだろ」

「だって、ハルは男だぞ」

「あの子は別格だろ。それに、高崎はバイだぜ。近頃じゃ女の子は喰い飽きたって豪語してたんだ。今夜の合コンだって、最初からハルくん狙いだっただろうし」

「マジかよっ」

「あいつ口がうまいからな。ターゲットの横に座ったら、絶対に逃さないし、これまでもずっとそうだったし。それに、合コンの主催者だから、結局は美味しいところ持っていっちまうんだよな」

「ということは、ハルは……」

「さぁね。今頃どこかに連れ込まれてんじゃないの？」

ニヤニヤといやらしげな笑みを浮かべて言うのを聞いて、カァーッと頭に血が上った善光は目の前の男の胸倉をつかんで訊いた。

「いつ頃出ていったっ？」

「なんだよ、離せよっ」

「いつ頃だって聞いてんだよっ」

揉《も》み合いになっているのに気づいて、周囲の客がこちらに視線を向ける。向こうから洋次が驚いて駆けてきて、間に入り二人を引き離す。

「どうしたんだよ、善光。ちょっと落ち着け。何があったんだ？」

宥める洋次を押しのけてさっきの男を睨みつけると、彼は乱れた胸元を直しながらこれ以上絡まれるのは真っ平とばかり怒鳴った。

「ほんの四、五分前だよ。そんなに気になるなら追っかければいいだろっ」

言われなくても追いかけるしかない。善光は洋次が呼ぶのも無視して、店を飛び出していった。もう茜という女の子のこともどうでもよかった。とにかく、今はハルを見つけなければならない。

自分がちゃんと面倒を見なかったせいで、ハルがあんな奴の餌食になったとしたら、善光はホストファミリーの人間として面目が立たない。というか、高崎なんてチャラい奴に可愛いハルをどうにかされてたまるかという気持ちで、必死になって店の近所を走り回った。

「ハルッ、ハルーッ」

名前を呼びながら歩く人の流れを見ては、どこかに高崎とハルの姿がないかと視線を必死で動かしていた。

（クソッ。どこだ、どこに行った……っ？）

気持ちばかりが焦るが、どこにもそれらしい二人連れの姿は見当たらない。もう少し駅のほうへ行ったかもしれない。そう思って賑やかなほうへと向かっていく途中、細い路地があってチラリとそちらに視線をやっただけで通り過ぎた。

（え……っ？）

通り過ぎたが、三秒後に足を止めた。ラブホテルが建ち並ぶその路地を視線の片隅で捉えたとき、善光の目に水色のシャツが映ったような気がしたのだ。今夜のハルの服装は、水色の半袖のシャツとジーンズ。善光がハルに似合うと薦めてやったものだ。

少しラインが細身に作られたシャツは、ハルの華奢な体を貧弱ではなくスタイリッシュに見せる。そういう繊細なファッションセンスがアメリカにはないからとハルも大いに気に入っていたのだ。

善光は高校のときにバスケットコートで走っていたときくらい懸命に走り、ハルの姿が消えていったホテルの前に立つ。

ハルかどうか確証はない。だが、あの水色のシャツはきっと間違いない。ラブホテルに一人で突進していくなんて馬鹿げた真似かもしれないが、それでもハルのことを思ったら体が勝手にドアを押して中に突入していた。

ラブホテルが初めてだとは言わない。洋次には言っていないが、実は経験はある。胸を張って言えるような話ではないのだが、とにかく過去に何度か女と入ったことがあるのだ。

なので、廊下を突進してさっきの水色のシャツのあとを追う。狭いが赤い壁紙が妙にいやらしげな廊下を曲がったところで、エレベーターに突き当たる。そのエレベーターのドアが閉まる瞬間、善光が叫んだ。

「ハルッ」

だが、それも一瞬遅かった。ドアがピタリと閉まり、すぐに上昇していってしまう。

(何階だっ？　何階っ？)

イライラとしながらエレベータードアの前に立ち、頭上の回数表示のランプを見守る。チンという音は聞こえないが、三階でランプが止まった。善光はすぐさま非常階段の緑のライトがついたドアを飛び出し、外階段を三階まで駆け上がる。もはやバスケットコートの中にいるよりも俊敏な動きだった。

三階に着いて、鉄の非常扉を開き中に駆け込むと左右に並んだドアを見る。そのうちの一つが今まさに閉まろうとしているところだった。

「ちょっと待てーっ！」

雄叫びを上げてそのドアに突進していくと、善光が追ってきたことに気づいたらしい高崎が顔色を変えて必死でドアを閉めようとする。ドアが完全に閉まるわずか手前でドアノブをつかんだ善光が、渾身の力をこめてそれを引っ張る。

「な、なんだよ。おまえ、何やってるかわかってんのかっ？」

向こうも必死だ。なので、善光はドアの隙間に向かって叫んだ。

「ハル、ハルッ、そこにいるのかっ？　いたら返事しろっ」

「よ、善光く……ん？」

それは弱々しくも困惑した様子だが、間違いなくハルの声だった。それさえわかればいい。

善光には迷いも何もない。

「おらぁ、高崎、ここを開けろぉぉぉーっ。ハルに何するつもりだぁーっ」

「だから、なんだよ、おまえはっ。関係ないだろうがっ。なんでこんなところまで追っかけてきてんだよっ」

ちゃっかりハルを口説いてホテルに連れ込んだのに、いきなり男が乱入してきたことで高崎はすっかりパニック状態になっていた。

「なんでもいいから、ハルを返せっ。そいつは俺のもんなんだよっ。勝手に連れ出してんじゃねぇよっ」

「おまえのものってどういう意味だよっ。そんなこと聞いてないぞっ。それに今夜は俺が誘ったんだから、俺のだろうがっ」

「聞いてなくてもそうなんだよっ。だから、返せっ。今すぐ返せっ。でなけりゃ、ぶっ殺すっ」

もはや二人の会話は成り立っているのかいないのか、どっちの言い分も滅茶苦茶すぎてハルのことなど完全に無視しているが、とにかく今はそれどころじゃない。

狭いラブホテルの廊下で揉めに揉めていると、やがて他の部屋からも客がドアを少し開けて恐る恐るこちらをうかがっている。さながら、ヤクザと情夫と間男の喧嘩とでも思っているのだろうか。ドアの隙間から見える顔は怯えと同時に、下世話な好奇心でキラキラと目が輝いているようだ。

あいにくこちらはまったくの素人三人だが、とんでもない修羅場には違いない。そして、人目なんか気にしている場合ではない。

「クッソーッ。開けろぉぉぉぉーっ」

足を壁にかけて全体重をかけてドアノブを引っ張ったところで、力負けした高崎が廊下に引っ張り出される形で飛び出してきた。

と同時に、廊下の向こうからホテルの従業員がモニターで揉め事を見て、三階まで上がってきた。

「お客さん、何かトラブル？　困るんだけど。うちは問題起こす人は引き取ってもらってるし」

小柄で貧弱な若者はどこかおどおどした感じなので、おそらくバイトなのだろう。雇われている彼も揉め事や警察沙汰は困るのだろうし、こっちだってハルさえ取り戻せればそれでいい。

そして、ドアの引き合いに負けて廊下に転がり出てきた高崎はといえば、すくっと立ち上がったかと思うと、善光に向かって力一杯悪態を吐く。

「ふざけんなよっ。おまえのならおまえのだって、最初から言っておけよ。っていうか、それなら合コンに連れてくんなっ。おまえもくんなっ。まったく、冗談じゃねぇよっ」

口汚くそう言うと、これ以上こんなところにいられるかとばかり、ホテルの従業員を押しのけてエレベーターに乗り込んでいってしまった。

それとほぼ同時に、周囲の部屋から廊下の様子をうかがっていた連中も何事もなかったように静かにドアを閉めてしまう。

「あの～、お客さん、どうします？　二時間分は料金もらってますし、部屋使います？」

そう言われた途端、善光はここがどういう場所で、何をするところかあらためて思い出した。そう、ここはラブホテルだ。やることは一つしかない。

ドアが開けっ放しになっている部屋の中を見ると、ハルがわけがわからない様子で泣きそうな顔になっている。そんな顔を見ると可哀想は可哀想なのだが、どうしてこうなったのか問い詰めずにはいられない。

なので、善光は真っ赤な顔を横に向けてわざとらしい咳払いを一つすると、ホテルの従業員の男に言った。

「えっと、二時間っすよね。と、とりあえず利用します……」

◆◆

部屋に入ってハルに向き合えば、自分が何かひどく大変なことをしでかしたのだと理解したのか、今にも泣きそうな顔になっていた。

善光《よしみつ》はといえば、さっきから部屋の真ん中で仁王立ちしたまま何度も重い溜息《ためいき》を漏らしている。

なんであんなどうしようもない下心丸出しの男にノコノコとくっついていったんだと怒鳴りつけてやりたかった。だが、部屋の片隅のソファにちんまりと座っているハルを見ていると、自分から望んで高崎《たかさき》にくっついてきたわけではないとわかるのだ。

それ以前にハルのことを放っておいて、女の子に現《うつつ》を抜かしていた自分自身が腹立たしくて仕方がない。だからこそ、怒鳴りたくても怒鳴れないのだ。

善光の何度目かの溜息を聞きながら、ハルは一生懸命言葉を探している。実際のところ、今でも半分くらい事情がわかっていないのかもしれない。

「ご、ごめんなさい。僕、何か間違えたみたいです」

「間違えたって、何がっ？」

善光が思わず苛立《いらだ》ちの隠せない様子で聞き返すと、ハルがビクリと体を震わせる。怖がらせるつもりはないから、すぐに自分の強張《こわば》った表情を普通に戻そうとするが、一歩間違えれば高崎に喰《く》われていたかと思うと、やっぱり気持ちは抑えきれない。

「確かに、そばについていなかった俺も悪かった。けどな、あんな見るからに怪しげな男にくっついていったら危ないことになるって思わなかったのか？」

ハルはしょんぼりとうな垂れて、小さい体をさらに小さくしている。

「あいつは合コンを主催しているのをいいことに、女を喰いまくったあげくに飽きたから今度は男でも喰ってみるかって考えているような奴なんだぞ」

「そ、そ、そうなんですか？」

やっぱり、そんなこととは知らなかったようで、ハルはいまさらのように青ざめている。

「そうなんだよ。それなのにそんな奴にまんまと誘い出されるなんて、あの場で一番ＩＱが高いはずのおまえが何やってんだよ。だいたい、見た目からして女の子みたいで電車でも痴漢に遭ってるし、もうちょっと自分の身の回りに危機感を持てよ。いくら日本だからって、誰もかれもが親切でいい人だってかぎらないんだぞ」

だんだん八つ当たりっぽい言葉になってきたが、ハルが黙っていると善光は自分の感情がますます抑えられなくなってしまう。

「それとも何か。もしかして、ああいう男が好みってことはないよな？」

その言葉に、ハルはハッとしたように顔を上げて懸命に首を横に振っている。

馬鹿なことを言ってハルを責めても仕方がない。絶対に悪いのは高崎だとわかっているのに、どうしてこんな心ない言葉を口にしてしまうんだろう。

自分でも自分の中にあるこの醜い感情がなんなのかわからなくて、こんな自分をどうやって止めたらいいのかわからなかった。そのとき、ハルの嗚咽《おえつ》交じりの小さな声が聞こえた。

「あの、迷惑かけてしまってごめんなさい……」

一人で興奮して憤っていた善光だが、その力のない声にギョッとして見るとハルが両手で顔を覆いながら泣いていた。自分が泣かしたのだと思うと、善光のほうも急に弱気になる。

「あっ、あの、いや、その、えっと……」

責めているつもりはないとは言えなかった。事実、厳しくハルの行動を責めていたばかりだから。だが、ハルの泣いている姿を見たら、まるで頭から水をぶっかけられたように目が覚めた。ハルを責める権利など微塵《みじん》もないと自分の拳《こぶし》で自分の額を打ってから、情けない言い訳をした。

「い、いや、俺もちょっと頭に血が上っちまって言い過ぎた。ごめん。でも、なんであんな奴についていったんだ？　それだけ教えてくれるか？」

起こってしまったことは仕方がないし、結果的にハルは無事だったのだからいいようなものだが、善光は自分の気持ちを落ち着けるためにもハルからその理由を聞きたかった。

「あの人が、二次会があるからって言ったんです」

「はぁ？」

善光がどういう意味だと首を傾《かし》げていると、ハルが言葉を続ける。

「あの店じゃなくて、カラオケ屋で二次会をするからって……」

その言葉を聞いて、ようやくこんな事態になった理由が見えてきた。つまりは、思ったとおりすべて高崎の策略だったのだ。

高崎はいつもの調子で言葉巧みにハルを口説いていたのだろう。だが、ハルは本人が言っていたとおり、ああいう場所は苦手だし、そもそも女の子と親しくなりたいという気持ちもない。ましてや男に口説かれて喜ぶ人間でもあるまい。電車で痴漢に遭うという苦い経験もしたばかりだ。

「僕は善光くんと一緒に行きますって言ったら、今は女の子と話していて忙しそうだから、あとからくるようにメールで連絡しておくって言われて……」

だから、先に一緒にカラオケ屋に行こうと誘われて、ハルは素直に信じてしまったのだろう。

高崎にしてみればこれまでの女の子のようにハルが簡単に落ちないものだから、何かうまいアプローチはないものかと考えたあげくのことだ。二人きりになってしまえばいい。男といってもハルはあまりにも非力だ。ラブホテルにさえ連れ込めば、力ずくでどうとでもできる。

ハルはどんなに日本語がうまくても、日本の生活にそこまで慣れ親しんでいるわけではない。カラオケはアメリカでも行ったことがあると言っていた。でも、アメリカのカラオケ屋と日本のそれは、器材こそ同じでも建物の外観などはまるっきり違うのではないだろうか。

なので、日本の繁華街の中でカラオケ屋とラブホテルの店構えをハルが瞬時に見分けられるかといえば、それは案外難しいような気もする。カラオケ屋といっても怪しげな雑居ビルの二階、三階に入っている店もあれば、ラブホテルといってもちょっと洒落《しゃれ》た門構えにして若いカップルが入りやすくしているところもある。

さっきの合コンの店といいこの周辺は若者がたむろするエリアなので、今いるラブホテルなどまさにそんな感じで派手なネオンの看板もなく、知る人ぞ知るという店構えだった。

そして、中に入ってみれば、自動の受付で鍵の受け渡しはするものの、狭い廊下を挟んで個室が並んでいる感じはカラオケボックスに似ていないこともない。それをハルにしっかり見極めろというのは酷な話なのかもしれなかった。

「ごめんなさい。本当に、ごめんなさい……」

消え入るように言うハルの声に、善光の胸のほうが痛む。まさかこんなことになるとは思っていなかったのだろう。本当に自分が危なかったのだと理解して、今も小さく震えていた。

「善光くんがきてくれなかったら、僕は……」

そう言いながらハルが顔を上げてこちらを見たとき、その目から大粒の涙がポロッとこぼれ落ちるのがはっきりと見えた。その途端、善光はたまらない気持ちなった。それは、生まれて初めて経験する気持ちだった。胸の奥が締めつけられるように痛くて、そのくせ何かくすぐったいようなせつないような、言葉にはならない気持ち。

大切なものを見つけてワクワクしているときの気持ちにも似ているし、それを壊さないようにとドキドキ緊張している気分にも似ている。そして、触れたいのに触れても大丈夫だろうかと案じる気持ちが入り混じっていた。

「ハ、ハル……」

ふらふらと善光はハルに歩み寄る。知らないうちに手が伸びてハルの小さな体を椅子から持ち上げるように立たせていた。

「よ、善光く……ん？」

まだ涙声のままで善光の名前を呼ぶ。すごく流暢《りゅうちょう》な日本語だけど、やっぱり少しだけ訛《なま》りがあって、それが独特の拙《つたな》さと甘い雰囲気をかもし出している。と同時に、言葉の端々にハルの心許《こころもと》なさや不安が見え隠れしているような気がした。

抱き締めるとボディソープの香りとかシャンプーの香りとか、同じ家で同じものを使っているのに、ハルの体や髪から漂うとまるで違って感じられる。

どうしてこんなに小さくて可愛いのだろう。とんでもなく頭がいいのに、それだけではやっぱり生きていけないんだと思うと、自分のような馬鹿でもハルのそばにいる意味があるんだと思えてくる。

ただ、それだけのことがなんとなく嬉《うれ》しくて、善光はその大切で壊れそうなものを自分の胸の中にすっぽりと抱え込んでみた。

（あっ、温かくて、柔らかい……）

そう思った瞬間、自然と唇がその髪に触れていた。

「んぁ……っ」

ハルの小さな声がした。

でも、ハルは善光の腕の中から抜け出そうとはしない。まるで自分からそこへ潜り込んでくるかのように、両手で遠慮がちに善光のシャツを握り締めている。飼い主とはぐれて迷子になっていた子猫が、小さな爪を立てて懸命にしがみついてくるようだ。

肩が震えているのは、きっと高崎の罠《わな》にはまってしまったことを後悔しながらも怯《おび》えているからだろう。でも、ハルのせいじゃない。悪いのはちゃんと見てやっていなかった自分なのだ。

「ごめんな。俺がちゃんとハルのそばにいなかったから、怖い思いをさせてしまった」

「でも、ちゃんと助けにきてくれました。それに、さっき『俺のもんだ』って言ってくれた……」

そういえば、勢いでそんなことを叫んでしまった。

「わ、悪い。そういう意味じゃないぞ。まさかハルを独占しようとか、ましてや高崎みたいにどうこうしようとか、そんなふうに思っているわけじゃ……」

否定の言葉を聞き終える前に、なぜかハルのほうから善光の胸にしっかりとしがみついてきて言うのだ。

「すごく嬉しい。日本で僕のことをこんなにも一生懸命守ってくれるのは、きっと善光くんだけ」

「ああ、守るよ。おまえのこと、なんだかよくわからないけどすごく大切にしたいって思うんだ」

ハルを抱き締めながら、自分は何を言っているんだろう。なんだか頭はぼうっとしているけれど、胸はドキドキという音が聞こえそうなほど高鳴っていて体は熱い。

自分たちがラブホテルの一室にいることも忘れ、なんでそこにベッドがあるんだろうとか、なんでハルと二人きりなんだろうとか考えている。けれど一番不思議なのは、ハルがいつも以上に砂糖菓子のように甘そうで美味《おい》しそうということだった。

「善光くん……」

ハルの頬《ほお》が赤い。そっと触れてみると、思ったとおり熱い。そして、そんな頬よりももっと赤い唇が、微《かす》かなわななきとともに濡れて光っていた。その唇は頬よりももっと熱いだろうか。確かめたくなった善光は、指先を持っていこうとしてふと気が変わった。

唇の温《ぬく》もりなら唇で確かめたほうがいい。そう思ったのは、そのときの善光の気持ちの中ではとても自然なことだった。

そっと重ねた唇は逃げていかない。震えながらじっと善光の唇を受けとめる。そのとき、いつか見た夢が善光の脳裏に蘇《よみがえ》ってきた。

（あれは正夢か……？）

こうなる日がくると教えてくれていたのか。だったら、自分はハルが好きで、ハルも善光のことを好きなのだろうか。

ハルの愛らしい唇が「好き」と囁《ささや》くのを聞いてみたい。でも、自分から言葉にして、それを確かめるのが怖い。だったら、どうしたらいいんだろう。

二人っきりの空間で、なんだか蜂蜜《はちみつ》にでもくるまれたかのように何もかもが蕩《とろ》けていく。抱き締めたまま体が宙に浮いて崩れ落ちていった。でも痛みはなかった。青いベッドカバーと白いシーツにハルの体が埋もれていくのを見て、善光は慌ててその体をもう一度強く抱く。広いベッドの上で体を重ね合って、こんなにも荒い息を止めようもない。でも、ハルの呼吸も同じように速いから抱き締めた手を離そうとは思わなかった。

「どうしよう、どうしたらいい……。俺、ハルを抱きたい……」

欲望を口に出してしまった途端頭の片隅で、自分に向かって「何を言ってんだっ」と怒鳴っている別の自分がいた。だが、そんな自分を黙らせることなど「黙れっ」の一言でおしまいだ。

もう体が完全に前のめりになっていて、この状態でハルの体から己の体を引き離すのは、一度はんだ付けをした部品を引き剝《は》がすより難しいだろう。

そして、ハルもまた善光の腕を拒もうとしない。ハルだって男だ。痴漢に触られてトイレに駆け込んだくらいなのだ。一度体に火がついてしまったら、どうすることもできやしない。

（え……っ？）

自分であれこれ妖《あや》しげなことを考えていながら、一瞬だけ我に返りそうになった。何かがキーワードになっていたように思うけれど、それを突き詰めようという気にはならなかった。そんな余裕もないし、どうせ些細《ささい》なことに違いない。今のハルと自分にとっては意味などないはず。

ハルの細い指が震えながら善光の腕の筋肉をつかむ。そして、ベッドのシーツに体を沈めながら、善光の耳元にそっと囁きかけてきた。

「善光くんならいい……。僕はいいから……」

その吐息までが甘くて熱い。

自分が選んでやった水色のシャツを開き、Tシャツも両腕を持ち上げて脱がしてしまう。白い胸があらわになって、ハルの頬がまた赤く染まる。ジーンズも脱がしてやれば、小さく悲鳴に似た声を上げる。でも、いやがっていないことはわかる。お風呂に入る前に洋服を脱がされている子どものように素直なハルなのだ。

水色のシャツに合わせたわけではないと思うけれど、水色のトランクスから二本の細い足が伸びていた。二の腕も脇もずいぶんと毛が薄いと思った。そして、足もやっぱり薄かった。鎖骨の盛り上がり方から膝《ひざ》小僧の丸さまで、どうしたらこんなふうに可愛い体が出来上がるのだろう。

骨格の華奢《きゃしゃ》なことは充分わかっていたけれど、この肌の白さとざらつくところなどどこにもないマシュマロのような体が、自分とはまるで違っていて溜息さえ漏れる。まるで違うからこそ、自分の体を重ねたくなる。

（女の人を抱くみたいにしていいんだろうか……？）

そんな不安がある。でも、ハルは女の子じゃない。触れても触れても記憶にある女性の体とは違うのだ。平らな胸も股間にあるものも自分と同じだけれど、それを愛するとなると未知の世界だ。

どうしたらいいんだろうと迷う気持ちの傍らで、善光の体の中に渦巻く欲望に似た何かが自分を突き動かしていた。

ハルの細い肩を撫《な》でて、ほとんど喉仏《のどぼとけ》も出ていない首筋に唇を寄せる。胸は平らだけれどまったく気にならない。洋次《ようじ》と女の子のどこに最初に視線がいくか話したとき、二人して同時に「胸」と口にした。絶対にふくよかな胸が一番だと言ったけれど、実際はそんなものはどうでもいいらしい。柔らかな膨らみよりも、それ以上にこの肌の柔らかさやすべらかな感じはたまらない。

「よ、善光く……んっ。あん……っ。はぁ……っ」

ハルが泣きそうな声で善光の名前を呼ぶ。泣きそうは泣きそうでも、さっきまでとはあきらかに違う。ハルもまた体が火照《ほて》っていてどうしようもないというふうに身を捩《よじ》っている。

男同士だとこういうときは便利だ。感じているかどうか一目でわかる。

「触っていいか？」

下着を脱がしてしまい、ハルのものが目に入った瞬間、すぐにそんな言葉が口をついて出た。自分と同じものなのに違っている。大きさも形も色も何もかもが違うから、この手で触れて何がどう違うのかはっきりと確かめたくなった。

「う、うん、いいよ。触って……」

ハルがもじもじと真っ赤になって呟《つぶや》いた。そのとき、体まで全身が桜色に染まるように色づいていったのがわかった。

ハル自身にはなんの躊躇《ちゅうちょ》もなく触れることができた。そこに触れた瞬間、ハルがいつも以上に高い声を出した。

「ひぁっ、くぅ……っ、んんっ、あぅ……っ」

目が潤んでいて、溺《おぼ》れている金魚のように唇をパクパクと動かす。それを見たとき、電車の中で自分にしがみついてきていたハルの姿を思い出した。

あの頃から、自分にとってハルは守ってやらなければならない存在だったはず。大切に包み込んでしまいたい。小さな体を全部自分の中にすっぽりおさめておきたい。そう思った瞬間、善光の中で最後まで引っかかっていた何かがブチッと音を立てて切れた。

全部自分のものにすればいい。そうすれば、ハルはずっと自分の中にいる。そんな短絡的な思考がまるで目の前にあるたった一本の道のように浮かび上がったのだ。

善光は一度起き上がって、自分の身に着けていたものを全部脱ぎ捨てると、あとは夢中でハルの体に覆い被《かぶ》さった。裸になって体を重ねているうちに、何度も繰り返すキスは啄《つい》ばむような軽いものからやがては舌を突き刺すような激しいものになった。

「あっ、ハ、ハル……っ」

「よ、善光くぅ……ん」

唇が離れるたびに互いの名前を呼び合う。そして、膨れ上がった股間を擦《こす》り合う。たったそれだけの行為なのに眩暈《めまい》がするほど気持ちよかった。

「いい……っ、あっ、なんだ、これっ。すげぇ、いい……っ」

善光がたまらず声を上げながら腰を揺すると、ハルも一緒になって体をくねらせる。その動きがまた刺激になり、二人してどうしようもないくらい感じまくっていた。こんな気持ちのいいことがあるなんて知らなかった。女の人を抱いたときとはまるで異質の快感だった。

「あっ、ああ……っ、だ、駄目っ、駄目っ」

それまで可愛く喘《あえ》いでいたハルが、急に「駄目」と言い出して、どうしたんだろうと思い体を擦り合わせていた動きを止めたその瞬間だった。

「あっ、んん……っ、んふ……っ」

これまで以上に鼻にかかった甘い声がしたかと思ったら、ハルの股間から何か熱いものが継続的に噴き出してきた。

（あっ、いったんだ……）

そう思ったとき、ハルも男なんだとあらためて意識した。なのに、こうして股間を弾《はじ》けさせる様を目の当たりにしても、自分の中で気持ちが萎《な》えたり困惑したりということがない。どんな姿を見ても、やっぱりハルはハルだとわけのわからない納得の仕方をしていた。果てて吐き出したその白濁も見慣れたもののはずなのに、そこに嫌悪感はない。それどころか、善光はまるでそうするのが当然のように、指ですくって嘗《な》めてみた。

「な、なっ、何やってるのっ?」

ハルが驚いて起き上がり、善光の手を引っ張った。

「いや、どんな味かと思って……」

「やめてよぉ……」

いつもは同じ歳《とし》なのに、律儀に「です・ます」口調で話しているハルが、あまりにも驚いたせいかごく普通のタメ口になっていて、それがまた善光の心をわしづかみにした。

「じゃ、嘗めないけど、こっちでしていいか?」

そう言いながら、ハルの股間のさらに奥に手を伸ばした。濡《ぬ》れた手でまさぐったのは後ろの窄《すぼ》まり。男同士は初めてでも、そこを使うことはなんとなくわかっていた。狭く小さいところへ入れたいという欲求が、本能として備わっているからだろう。

嘗めきれなかったハルの出したものが乾く前に、指をそこに押し当てる。緊張したハルの体がビクリと跳ねたのがわかった。ゆっくりと押し込んでみようとしたらきつい抵抗があったけれど、ほんの少し力をこめただけで先端が埋まるのを感じた。

指が締めつけられる感覚だけでもゾクゾクと興奮する。これで自分自身をそこに埋めたらと思うと、たまらなくなって体を起こしたのは他でもない。まだわずかなりとも理性が残っていたからだ。それは、いきなり無理をしたら駄目だという理性ではない。

脱ぎ捨てていたジーンズを拾い上げ、そのポケットからコンドームを取り出してつけるという理性。合コンに出かける前は、今度こそこれを使えますようにと家の近くの神社で手を合わせる洋次が、「願掛けした有難いコンドーム」として善光にもおすそ分けしてくれるのだ。

今夜もそれをもらっていたが、きっと使うこともないだろうと思っていた。けれど、思いがけず洋次に心の中で礼を言う事態になっている。

「あっ、あの、でも、僕……、そんなのしたことがない……」

「だ、誰でも、最初はあるし、俺も初めてだし……」

全然慰めにも励ましにもなっていなかったようで、ハルは引きつった顔で小さく首を横に振った。

「あの、何か他の方法じゃ駄目ですか?」

震える声でそんなことを訊《き》く。他の方法ってのは何があるのだろうと考えて、ハルの口をじっと見た。そんな善光の視線に気づいたように、ハルがまた泣きそうな顔になっている。

初めてだというハルだから、それもきっと無理だろう。だが、さっきのタイミングでハルと一緒に出してしまえなかった自分自身もかなり厳しいことになっている。

本当にどうにかしないと、ハルの目の前で自ら擦って果てるという男としてはなんだかちょっとみっともないことになりそうだ。これまで洋次と二人でさんざん中途半端な灰色の歴史を築いてきたが、ハルとの初めての経験でそれは作りたくない。

だったら、どうしたらいいだろうと考えながらも、切羽詰まった下半身に煽《あお》られてハルの肩を押さえようとした。すると、ハルは小さな悲鳴とともに体を返して這《は》うようにベッドの上を逃げていく。咄嗟《とっさ》にその足をつかんで言った。

「わ、わかった。わかったから、後ろはしない。でも、ちょっとそばにきてくれないか?」

善光が頼むと、ハルは小さくしゃくり上げながら「怖い」と呟いた。

「大丈夫、怖いことはしないから。痛いこともしない。約束する。ただ、ちょっとハルに触りながらいきたいだけだ。いいだろ?」

「触るだけ……?」

「ああ、約束する。無理に入れたりしないから」

生々しく恥ずかしいやりとりだが、なにしろもう正直限界なのでなりふりをかまっている余裕はなかった。

怯えていたハルもようやく体の力を抜いて、もう一度善光の胸に頬を寄せてくる。その体を抱き締めてから、そっとうつ伏せに横たえた。

「え……っ、や、やっぱり……？」

後ろを使われるのかと思ったのだろう。途端に怯えた表情を取り戻すが、その頬にキスをしてから耳元で囁いた。

「違うよ。そのまま足を閉じてじっとしていてくれたらいいから。ただ、ちょっとだけお尻を持ち上げられるか？」

「こ、こう？」

ハルが持ち上げた腰の下に枕を一つ入れてやった。そうして、善光はコンドームを被せた自分自身をハルの双丘の間にそっと挟み込むと、ゆっくりと体を上下させた。挿入はしないが、ハルの小さなお尻の肉に挟んで擦っていくつもりだった。

善光の意図がわかったハルは顔だけで振り向くと、ちょっと申し訳なさそうな顔になる。そして、まるで拒んだ自分を詫びるかのように自分の両手を後ろに回し、不自由な格好のままでお尻を左右から押さえて善光自身を強く挟み込もうと手伝ってくれる。

ハルの協力のおかげで自分の手で挟んでいる必要がなくなった善光は、今度はハルの前に片手を回し彼のものを握ってやる。

一度果てていたがまた少し持ち上がってきているそれは、このまま擦ってやればもう一度いけそうだった。

「一緒にいけるか?」

善光がたずねると、ハルは小さく首を縦に振る。善光が体を動かしながらハル自身を擦ってやると、小さな喘ぎ声を何度も漏らしていた。

やがて善光が動きと息を止めその瞬間を迎えたとき、ハルもまた長い吐息とともに善光の手に自分の熱を吐き出した。

同時に果てるなんてできるもんじゃないと、友人の誰かがしたり顔で言っていた。あんなものはAVの中だけの話だと。でも、本当にいけてしまったし、ものすごく気持ちがよかった。

なんだか夢でも見ているような気分で、そのままハルを抱き寄せたらその温もりが何もかも現実だと教えてくれる。

そんな現実を噛《か》み締めながらまだ不思議な気持ちでいたが、ぼんやりと自分が何かを見つけたような気がしていた。そして、このときに見つけた何かはきっとものすごく大事で、これからの自分の人生で失ってはいけないものなのだと思った。

◆◆

考えてみたらものすごいことをしてしまった。

（いろいろな意味でな……）

この間の合コンの帰りのことだ。あれから洋次にはそれはそれはしつこく訊かれた。

『何があったんだよぉ？　どこへ行ってたんだよぉ？　いつの間に帰ったんだよぉ？　彼女はどうしたんだよぉ？』

グズグズとやたらしつこい子どものように聞き続けるのも無理はない。洋次は善光のせいで、高崎主催の合コンに出入り禁止を言い渡されたらしい。

最初のうちは、せっかく彼女ができるまで「半永久会員」の席を手に入れてやったのに何をしでかしたんだとさんざん恨み言を言われていた。だが、本当のことは言えない。言ってもいいが、どこまで話せばいいのかわからないので、とりあえず何も言わないことに決めた。

ただ、あまりにもうるさいのでただ一言だけ言っておいた。

『親友と高崎のどちらを信じるかはおまえ次第だ。ただし、俺は親友に恥じるような真似《まね》はしてない。おまえに言っておくことがあるとすればそれだけだ』

これはなかなかパンチの効いたいいセリフだった。単純に男気を見せたがる洋次は、グッと拳を握って善光に突き出し答えた。

『わかった。俺も男だ。おまえを信じよう』

相変わらずチョロい男だった。でも、こういう男だから長くつき合っていられるのだ。ところが、高崎主催の合コンはすっぱり諦《あきら》めたと言いつつも、あの日の善光の行動にはまだ納得がいかないらしい。

というわけで、顔を見るたびにやっぱりしつこい子どものように肘《ひじ》で人の二の腕を小突きながら訊く。

『だからさ、何があったんだよぉ？　ハルくんもいなくなっちまうし、いつの間に二人して帰ったんだよぉ？』

おまえの知らないところで、俺は少しだけ人生を先まで歩いてしまったのだと言ってやりたい。なにしろ、善光は恋愛に関して未知なる世界へと踏み出してしまったのだ。

あの日、無我夢中で二時間を過ごして、ラブホテルを出たあとハルと自宅に戻ってきた。お互い気まずいような恥ずかしいようななんともいえない気分だったが、帰宅の電車の中で揺れに体をふらつかせたハルを支えたあと、何気なく繋《つな》いだ手をずっと離さずにいた。そうしているのが自然な気がしたし、安心だったのだ。

言葉では何も確認できずにいるけれど、善光はハルのことが好きだ。

（男だけどな……）

あのとき、ハルの震える姿を見て守りたいと思ったし、大切にしたいと思った。その結果ああいう真似をしたのは正しい選択だったのかどうかはわからない。でも、ハルもまた善光のことを憎からず思ってくれているはずだ。そうでなければ、あんなことを許してくれるわけがない。

最後まではやらなかったというか、やれなかったのだが、二人して同時に果てた。あれはやっぱり好きでなければできない行為だろう。

すなわち、二人は両思いということになる。これも生まれて初めての経験だ。どんなことでも初めてというのはドキドキしたりワクワクしたりするものだ。

あの日から同じ屋根の下で生活しながら、顔を合わせるたびにちょっと照れたように笑い合う。でも、恥ずかしさが込み上げてきて、つい顔を逸《そ》らしてしまう。かえって交わす言葉が少なくなってしまったのは、赤い顔をしてハルと話しているところを両親に見られたくないからだ。

ハルの通学の電車も洋次がついてくるのがいっそ邪魔だ。邪魔だが自分の事情で頼んだてまえ、「もういいから、帰れ」とは言えないところが苦しい。もっとも、今の自分は満員電車でハルと密着したら、多分以前よりももっと妖しげなことになりそうだから、あえて背中を向けて彼をガードしている。

それでも、ハルの手が背中に触れるのを感じただけで、胸が高鳴ってしまう乙女のような状態だ。

「じゃぁな、今日も気をつけてな」

今朝も自分たちには無縁の日本最高学府にある赤門の前でハルを見送る。ハルは善光にコーディネイトしてもらった服装で、以前よりはちょっとだけ今風の東京の若者らしくなって手を振っている。

なんだかもう駆け戻っていって、何度でも抱き締めたくなる可愛さだ。たかが頭の出来だけでハルと自分を引き裂く赤門が憎い。

「はぁ〜、ハルくん、可愛いよなぁ。最近特に可愛くないか？　なんで女じゃないんだろう。もしかして、本人も気づいてないだけで、本当は女ってことはないのかなぁ？」

洋次のことはとやかく言える身ではないが、こういう馬鹿は赤門に触れただけで天罰が下るんじゃないだろうか。

ああ見えてもハルはちゃんと自分が男だと自覚しているし、ついでに男なのに非力でひ弱なことをコンプレックスに感じているくらいなのだ。義父に強く立派な息子でなくても嫌われないよう祈っているし、義理の弟たちにもスポーツのうまいカッコイイお兄ちゃんでいられたらどんなによかっただろうと心密《ひそ》かに思っている。

善光だってハルとあんなことになる前までは、合コンで珍しく意気投合した茜《あかね》ちゃんとの会話に心を躍らせていた。そういう意味では、ハルにしても自分にしてもけっしてゲイだとかホモだという意識はなかった。今だってない。

たまたま善光はハルが可愛くて抱き締めてしまい、ハルは善光ならいいとその華奢な体を寄り添わせてくれただけ。それがこのうえもなく幸せで、それ以外のことは考えられないのが今の二人なのだ。

このときの善光は本当に目の前で手を振っているハルの可愛い姿以外何も見えてなくて、何も考えようとしていなかった。ましてや、現実がやがて自分の頬を引っぱたくときがくるなんて思ってもいなかった。

洋次を馬鹿だと笑う自分のほうがもっと馬鹿だったなんて、このときは爪の先ほども考えていない善光だったのだ。

「へぇ、君がクリスくんなの？　可愛いわねぇ」

旦那が出張だからと急に里帰りしてきた姉が、ハルの顔を間近にのぞき込むようにして言った。姉は善光ほど身長が伸びなくて幸いだったが、それでも女のくせに百七十五以上もある。父親の血筋とはいえ、あと三センチ高ければ嫁に行けずにいただろうと陰口を叩《たた》かれていたくらいだ。

百六十半ばのハルは姉に見下ろされて、もじもじしながら小声で言った。

「あの、ハルです。皆さんにそう呼んでもらっています」

「ハルくん？　日本人みたいな名前ね。それって、こっちでついたニックネーム？」

アメリカ国籍とはいえ、ハルは両親ともに日本人だ。それに、「ハル」という名前は亡くなった実の父親がつけてくれた大切なミドルネームだ。善光がそのことを説明してやると、姉は納得してハルの頭をクリクリと撫でて言った。

「同じ弟なら、ハルくんみたいな可愛いのがよかったわね。善光みたいにでかいだけの理系馬鹿じゃ、たいして役にも立たないしむしろ邪魔だし」

なんて失礼なことを言うんだと噛みつきたいが、姉に逆らえないのはもはや身についた習性だ。身長や体重はとっくに追い越していても、幼少の頃から五つ下というだけで虐《しいた》げられてきたさまざまな記憶が善光を縛っている。

「姉ちゃんちの新居の家電のセッティングとか、パソコンの配線とか、俺が全部やったんだけど……」

役立たずと言われっぱなしでは悔しいので言い返してみたら、あっさりフンと鼻で笑われた。

「あんたが結婚祝いに何もできないからって、自らその役目をかって出ただけでしょうが。うちは業者に頼んでもよかったのにね」

一言も言い返せない。生まれたそのときから自分の頭上にいる姉には、この先も一生勝てる気がしない。こんな姉を見て、ハルはどう思っただろう。それよりも、こんな姉に頭が上がらない善光を見て、幻滅していなければいいのだけれど。

そんなデリケートな善光の胸の内など誰も知らず、久しぶりに姉が帰ってきて食卓は賑《にぎ》やかになった。いつものように自宅のメニューが気に入らなかったのか、洋次もやってきてちゃっかり夕食の席に着いていて、姉の腰巾着のように酒の酌をしたりしている。

昔から洋次はこういうところだけは要領がよかった。この家の絶対権力者は母親であり、その次のポジションにいるのは姉だと見抜いて媚《こ》びることを忘れなかった男だ。

「洋次くん、彼女はできた？」

「まだです。今のところ善光とともに、玉砕また玉砕です。もてているのはハルくんだけで、俺たちに残された道はもはや本土決戦しかないと思われますが、その本土が我々にはないという苦しい現実に直面しているのであります。いかがしたものでしょうか。参謀長殿っ」

わざわざ立ち上がって敬礼までしての報告は先の大戦の日本兵のつもりかもしれないが、一応アメリカ国籍のハルの前でそういう真似はやめろと言いたい。そして、そこで受けるのはもっとやめろと両親にも言いたい。

だが、姉は久しぶりの実家での夕食をがっつり食べながら、洋次に向かって諭すように言う。

「一つだけアドバイスするなら、合コンなんかで彼女を見つけようと思っているうちは無理ね。つき合っても長続きはしないわ。言っておくけど女ってのは生まれた瞬間からもう計算高いのよ。ガツガツしている奴なんか一目でわかるし、そんな奴と誰が真面目《まじめ》につき合うもんですか」

結婚して家庭を持った女の強さが、ストレートに突き刺さってくる。でも、俺たちはまだ二十歳前ですからと言いたいところだが、それを言えば姉の言うとおりになってしまうというジレンマ。長続きしなくても彼女がほしいと口にすることはすなわち、ガツガツしながら「やりたいだけです」と告白しているも同然だ。

「でも、合コン以外に出会いの場がないっす……」

茶碗を持ったままうな垂れる洋次に、姉はどこか神がかった笑顔で答える。

「それは身近なところに目をやっていないからよ。冷静になって自分の身の回りのことを今一度しっかり見てみることね。これまで気づかなかった意外な発見があったりするものだから」

姉の言っていることがまさに手に取るようにわかる。善光だって閉じていた目をこじ開けたとき、そこにははっきりとハルの姿が見えたのだ。

「お姉さん、勉強になりますっ」

そう言ってまたビールをグラスに注いでいる洋次だが、絶対にわかっちゃいないだろう。

でも、俺はわかっているんだと優越感に浸りながら愚かな親友が帰宅するのを見送り自分の部屋に戻ると、そこにはなぜか布団一組を抱えたハルがいた。
「えっ、な、な、なんで……？」
「お姉さんが帰ってきて、自分の部屋で寝るそうです。なので、僕はこの部屋で寝るように
ってお母さんが……」
ハルがちょっと申し訳なさそうに言う。だが、申し訳ないのはこっちのほうだろう。ホー
ムステイの学生にはちゃんとプライベートの部屋を与えることになっているのに、いきなり
姉が里帰りでこの仕打ちはあんまりだ。
「悪いな。二、三日すれば帰ると思うから、その間だけの辛抱ってことで……」
などと言いながらも、こんなふうに公然とハルと同じ部屋で眠れるなんて、誰に感謝した
らいいのかわからない。多分姉だと思うが、彼女は勝手に里帰りしてきただけだから礼を言
うには及ばないだろう。
とりあえず降って湧いた美味しい状況にヘラヘラと頬を緩めながら、ハルの布団を一緒に
敷いてやる。善光のベッドのすぐ横に敷いた布団にハルが眠るのかと思うと、なんだか猛烈
に興奮する。
誰にも知られてはいない関係は、誰にも言えない関係でもある。自分たちだけが共有して
いる秘密を思うだけで、なんだか胸がドキドキしてしまう。
このとき、善光は世の中の男女が「不倫」なんて不毛な真似に現を抜かす理由がわかった

ような気がした。ようするに、この感覚なのだと思うとそれは楽しいだろうよと思わずニヤリと頬を緩めてしまう。だが、不倫の果てに待っているのは修羅場とか地獄だが、ハルと自分の関係はそうではないはず。

それぞれ交代でお風呂に入ったあとハルはパソコンでレポートの仕上げをしていて、善光はネットで夏休みのバイトの検索をしていた。

夏休みになるとハルがアメリカに帰ってしまう。そのことを考えると、今から気持ちが沈む。二人で過ごせる残りの時間を思うと、もっと話したいこと話さなければいけないことがあるような気がするのに、なんとなく照れくささも手伝って黙々と自分の作業を続けていた。そのうち深夜近くになって、明日も大学の講義がある二人はどちらかともなくパソコンの電源を落とす。

「そ、そろそろ、寝るか……」

「あっ、は、はい。そうですね」

少しばかりぎこちない会話とともに善光はベッドに横になり、ハルはその横に敷いた布団に入った。照明を消して部屋は暗闇に包まれたが、やがて目が慣れてきて善光は体を横に向けてハルの様子をうかがう。ハルは仰向《あおむ》けに寝て目を閉じている。

でも、まだ眠っていないとわかる。窓から差し込むわずかな月灯《つきあか》りでも、その長い睫《まつげ》が微かに震えているのが見えているから。

「なぁ、ハル……」

呼びかけてみたら、ハルがパチリと目を開いてこちらを向く。そして、善光の顔を見たかと思うと、途端に両手で自分の顔を覆い小さな声で言った。

「一緒の部屋で眠るのは、ちょっと照れくさいです」

「俺もだ」

ハルもまったく同じ気持ちでいたのだとわかり、ホッとしたのと同時に嬉しくなる。なんとなく気持ちが通じ合っているような気がしたからだ。

あの日から互いに照れが先立って、なかなか面と向かって真面目な話ができなかった。今夜はこうして暗闇の中でなら素直になれるかもしれない。素直になって、ハルにきちんと自分の気持ちを伝えてみようか。そんなふうに思っていた。

ハルは驚いても、きっとにっこり笑って善光の気持ちを受け入れてくれると信じている。そうなったとき、これからの二人はどんなふうに残りの日々を過ごしたらいいのだろう。

考えたらハルの帰国の日までもう一ヶ月をきっている。先のことを考えると、不安もあるし戸惑いもある。でも、この気持ちを曖昧《あいまい》なままにしてハルと遠く離れ離れになるのはいやだった。

「あのさ、ハル……」

善光が意を決して呼びかけたとき、ハルが顔を覆っていた両手を外してこちらを見た。暗闇の中でも白い小さな顔が微笑《ほほえ》んでいるのがぼんやりと見える。やっぱり可愛い。

クリッとした目はちょっとだけ目尻が下がり気味で、それがなんともいえない甘さと優しさをかもし出している。日本人らしく丸みを帯びている鼻も小動物のように愛らしい、上唇の少しつき出したところが啄ばみたくなるように赤い。そして、素顔がわからないくらい化粧をしている女の子とは違い、その素肌は本当に白くてすべらかできれいだ。

じっとその顔を見入ってしまい、しばらく言葉を続けられないでいたときだった。ハルのほうが小さな吐息を漏らして口を開いた。

「あの、僕は善光くんに言っておかなければいけないことがあります」

「えっ、な、なんだ？」

もしかして、自分が言おうとしていたことをハルのほうから言われてしまうのだろうか。それは男としてどうだろうと焦ってしまうが、考えたらハルも男なので一瞬怯《ひる》んだ。

ここは一つハルに花を持たせたほうがいいだろうかなどと大人ぶったことを考えてみたが、善光の胸の内を知ってか知らずかハルは静かな声で話しはじめた。そして、その内容は善光が期待していたこととは少しばかり違っていた。

「この間、ここで僕の家族のことを聞いてくれましたよね？」

「ああ、そうだな」

優しくてしっかり者の母親と、一緒に暮らす義理の父親や弟のことを聞いた。仲のいい家族だと言っていたはずだ。

「あのとき、善光くんに悩み事の相談をお義父さんにするのかって訊かれました。それに、弟たちの相談にのったりするのかって……」

「あっ、ああ、訊いたけど……」

べつに深い意味はなかった。けれど、ハルはなぜかいまさらのように大きな溜息を漏らして言う。

「僕、あのとき嘘を言いました。本当はお義父さんには言えないことがあります。弟たちに知られたくないことがあるんです。そして、お母さんにもずっと言えずにいることです……」

「えっ、な、何、それ？　人に言えないような秘密なのか？」

善光が思わずベッドで上半身を起こしてハルのほうを見る。すると、ハルは布団に横になったまま小さく頷いた。

「そう。ずっと人に言えなかった秘密です。もう何年も前からわかっていたけれど、僕は多分ゲイだと思います」

一瞬、頭が真っ白になった。善光の頭の中で、何か一つのパズルがはまったと同時に別の一つのパズルがずれて落ちたような感じ。何がはまって何が外れたのか自分でもよくわからなくて、きちんと整理しなければという思いからか自然と両手が頭を抱えていた。

「最初は大学に入学したときに意識したんです。そうなのかなって。でも、まだ好きになれる女の子に出会っていないだけかもしれないとも思っていました」

ハルが大学に入学した歳というと、確か飛び級で入っているので十六歳のときだったはず。晩生《おくて》な奴なら恋愛に疎くてもそうおかしくはないだろう。

「大学では自分より年上の人ばかりで、それでなくても子どもっぽい見た目の僕なんか誰にも相手にされませんでした。それに、勉強が忙しかったのもあるし……」

いくらＩＱが高くても飛び級で大学で学んでいたのだから、学業はそれなりに大変だったようだ。それに、北米の大学は日本の大学のように簡単に単位は取れなくて、入学より卒業のほうが断然難しいという話を聞いたことがある。

「でも、中には優しく面倒見てくれる人もいて、それが男の人だったんですけどいろいろよくしてもらっているとすごく安心できました」

「あっ、あの、その優しくしてくれた人って……」

下心があって優しかったんじゃないかなどと不用意に聞くのは失礼だと思ったが、躊躇する前にもっとストレートな言葉が口から飛び出していた。

「な、何かされたのか?」

ちょっとベッドから身を乗り出して訊いてしまったのは、もしかしてハルはこの間が初めての経験ではなかったのかと疑ったからだ。ハルは「したことがないから怖い」と言っていたが、あれが嘘だったら、ちょっとショックだ。

「ないです。何もないです。本当です。教授は結婚していたし、未成年の学生に手を出したりしたら、彼も大学にいられなくなってしまいますから」

「って、優しかったのは教授かよっ？」

思わず口走ってしまいハルはちょっと肩を竦《すく》めていたが、もうずいぶんと前のことだから苦笑いを漏らしている。結局、その教授とは怪しげな関係になることはなかったようだが、ハルはそこで最初に自分の性的指向について目覚めたという。

「そのときに、初めて自分はそうかなって思いました。強くてたくましい男の人に優しくされると嬉しいし、ドキドキしている自分に気づいたんです。だから、僕は女の人は駄目なんです。そもそも向こうの女性から見れば僕なんて恋愛対象にならないみたいだし……」

「いや、それは、まぁ……」

なんと答えたらいいのかわからない。北米では日本よりも強くたくましい男が好まれることはなんとなくわかる。映画や海外ドラマを見ていてもだいたいそうだし、日本の合コンの場でさえハルは女の子より男にもてていた。

「でも、ハルがゲイって言われても……」

なんだかわからないが、善光は困る。なんで困るのかわからない。自分はハルが好きなのだから、彼がゲイだったらそれはむしろいいことのような気もする。

（でも、なんか違う気がするのはなんでだ？）

何が違うのかわからない。そもそも、自分がゲイだなんて思ったことはないし、ハルがそうだとも思っていなかった。それでもあの夜ホテルであんな真似ができたのは、成り行きとか勢いだったとは言う気はなかった。自分たちは互いを意識していたし、いつしか自然と好きだという気持ちを持った。だから、あんなこともできてしまったし、男同士の関係を受け入れることができた。それは、善光の身勝手な考えかもしれないが、もっと純粋な何かだと信じていたのだ。

それなのに、この心のモヤモヤはいったいなんなんだろう。ハルの口から「自分はゲイだ」と聞いた途端、何かが崩れ落ちたような気がしたのだ。

ただ本当を言うと、あの夜のある瞬間に善光は一瞬だけ我に返りそうになった。キーワードになっていたのは、おそらく「ハルも男だ」と言葉だ。

痴漢に遭ったときの彼の反応を思い出して、「男だから仕方がない」と思っていた。あのとき、確かに「んっ?」と思い、本当にこんなことをしていいのだろうか、自分は血迷っていないだろうかと考えた。

それでも、一度火がついてしまったらどうすることもできなかったのだ。ハルが目の前で微笑んでいると、何もかもどうでもいいような気になってしまった。

そのくせ、自分の都合のいい考えで何か大切なものをごまかしているのかもしれない。そんなふうに思って、心の片隅には小さな戸惑いがくすぶっていた。

もしかしたら、すべてはオブラートにくるまれたような曖昧さにいるからこそ心地のいい世界だったのかもしれない。それなのに、いきなりハルが真実を突きつけてきたから、善光の心が一歩後ろに下がってしまった。

『僕は多分ゲイだと思います』

わずかに「多分」という言葉に曖昧さが残る。それは彼自身が未《いま》だに認めたくないというあがきのようにも聞こえた。と同時に、認めざるを得ないという諦めも垣間見えていた。

ハルが抱いているコンプレックスは、善光とは違うものだ。それでも、ハルの寂しさが善光の心にひしひしと伝わってきた。

生まれた国も育った環境も、何もかもが違っている。それなのに、善光はハルと同じ屋根の下で暮らしていて、不思議と彼の気持ちがときどき痛いくらいストレートに胸の中に突き刺さるときがあった。

それは、ハルが義理の父親や弟たちのことを語るときに、特にはっきりと感じられた。普段から、親友の洋次に「おまえのデリカシーのなさはもはや見事だ」と言われるほどに、諸《もろ》諸《もろ》に関して鈍い自分だ。にもかかわらず、ハルの家族のことに関してだけは妙に敏感になっていた。そして、そんな善光の複雑な思いをはっきりと裏付けるようにハルが言った。

「僕がゲイだと知ったら、きっとお義父さんや弟たちはいやな気持ちになると思います。彼らは日曜日ごとに教会に行くほど熱心ではないけれど、神様の存在を信じているクリスチャンですから」

日本と違う大きな問題をハルはさりげなく口にした。そういう問題があるのかと思ったところで、善光にはすぐには理解できない。現代の日本では信仰により特定の性的指向を禁忌と定め、社会的に厳しく排斥するようなことはないからだ。

「だから、僕は自分の悩みをお義父さんに相談できなかったし、弟たちにも本当の自分を見せることはできなかったんです。僕は義父の期待に応えられるような人間じゃない。弟たちに頼りにされるような兄でもないんです」

仲はいいと言いながら、義父と義理の弟たちに対する奇妙な距離感があるように思ったのはこのせいだったのだとわかった。

「いや、そ、それは……」

それでも、彼らの家族の問題について、善光が適当な慰めの言葉など言えるはずもなかった。

「でも、僕はこういう人間なんです。日本にきて善光くんに会って、やっと自分のことを認めることができました。もう自分に嘘をついたり、ごまかしたりできないと思います」

そんなハルの告白を聞きながら、善光もまた困惑の中にいたのは事実だ。ハルと自分の違いをはっきりと知らされたことで、頭の中の整理がつかなくなってしまった。

ハルの悩みとはまったく違う次元での悩みに、己の身の振り方がわからない。誰かを「好き」になるという単純な気持ちと、性的指向がはっきり「ゲイ」ということが、善光の中ではうまくリンクしない。と同時に、ハルはハルだとわかっているのに、彼がゲイだとしたら自分とは違うんじゃないかという思いがどうしても切り離せない。

そんなふうに区別して何になるわけでもない。わかっているつもりでも、頭の中で納得できないものはどうしようもない。ゲイだとわかっていて男に抱かれるのと、ゲイじゃないけれど好きだから抱いてしまったのは、どこがどう違うんだろう。

（俺が馬鹿だから、納得できないだけか……？）

いつしかハルから視線を逸らし、善光は頭を抱えたままの格好で固まっていた。その姿を見て善光の戸惑いに気づいたのか、ハルは布団から起き上がったかと思うと自分の前髪をかき上げて小さく笑う。

「わかっています。善光くんはあの夜のこと、後悔しているんですよね」

「え……っ？」

「あの翌日からあまり僕と話してくれないし、電車でも背中を向けているし、なんとなく避けられているのはわかっていました」

「あっ、そうじゃない。それは違う……」

言葉が少なくなってしまったのは照れくさかっただけだし、電車で背中を向けていたのは不埒《ふらち》なことを妄想してしまう自分を制していただけだ。けれど、それを言おうとした口が強張って、言葉が続くことはなかった。

ハルがゲイだと知らず、自分だけが「性別の壁も越えるほどの純愛なのだ」と信じて舞い上がっていた。そう思うと、何か言葉にならない虚《むな》しさが込み上げてくるだけ。それでも、ハルはどこか開き直ったかのような態度で言った。

「僕は後悔していません。僕は善光くんが好きです。見た目は男らしくていつも堂々としていて、性格は誰よりも優しい。僕がなれるものならなりたいって思う理想の男性です。でも、男同士のことを望んだら、駄目だとわかっています。善光くんはゲイじゃないから……」

ハルの声はじょじょに小さく力のないものになっていった。それがわかっているから、何か言わなければと思っている。なのに、善光はうまく言葉が見つけられない。このもどかしさをどうしたらいいのだろう。苛立ちとともに、善光は自分のベッドから足を下ろした。

なのに、隣に敷いた布団でじっと横になっているハルのそばまで行けない。こんなときこそハルを抱き締めて、ハルが好きだという気持ちを伝えるべきなのだ。ついさっきまで、この暗闇の中で自分に正直になり彼に自分の気持ちを伝えようと思っていたはずなのに、まるで体と心が固まってしまったかのようだ。

それでもハルは気丈に言葉を続ける。

「本当のことを言わずにいたこと、ごめんなさい。本当のことを言っても、やっぱり善光くんを困らせたみたいでごめんなさい」

ハルが「ごめんなさい」というたびに、「おまえのせいじゃない。おまえは何も悪くない」と言ってやりたいのに言えない自分が腹立たしい。それなのに、ハルは善光よりもずっと強い気持ちで、しっかりと自分の気持ちを口にする。

「僕はあと少しでアメリカに戻ります。楽しかったことだけ覚えていてください。あとは忘れてくれていいです。あの夜のことも忘れて……」

そこまで言うと、ハルはもうこれ以上話していられなくなったのか、上掛けを頭から被って横になってしまった。そして、くるりと寝返りを打って背中を向けてしまう。

その頃には暗闇の中でもすっかりと目が慣れていて、ハルの被った上掛けが小さく揺れているのがわかる。きっと泣いているんだろう。どんな思いでいるのか、考えただけで善光の心も痛い。

それなのに、やっぱりハルのそばに行くことも、その華奢な体を抱き締めることもできなかった。自分の心が迷っているのに、そんな真似だけしても仕方がないと思うからだ。

善光も自分のベッドに横になり、シーツを引っ張り上げてハルに背中を向けた。

「ハル、ごめんな……」

いろいろなことが不甲斐なく申し訳なくて、思わずそんな言葉が口をついて出た。ハルはもう何も言わなかった。その夜はいつまでも壁を見つめて眠れずにいた。ハルもまた長い間寝返りを打っては、小さな吐息を漏らしていた。

二、三日はいるのかと思っていた姉は、翌日には友人と遊びに行く予定があるといってさっさと帰っていった。善光にしてみれば、内心ホッとしていた。ハルとまた同じ部屋で眠るのはさすがに気まずいものがあったからだ。

ハルは朝になると何もなかったように、いつもの笑顔になっていた。出勤する父親を手を振って見送り、母親のくだらない世間話につき合い、自分の大学へ出かけていく。すっかり見慣れたハルが我が家にいる日常の光景だが、善光には彼が無理をしているのは透けて見えていた。

それなのに、何も言葉をかけてやれない自分が情けない。そんな鬱々《うつうつ》とした気持ちの善光がリビングでゴロゴロしていると、掃除機をかけていた母親が溜息を漏らしている。

「ハルくん、もうすぐ帰っちゃうのねぇ。いっそうちの子になればいいのに……」

母親が残念そうに呟くのを聞けば、善光も溜息が漏れる。気持ちはわかるが、善光の複雑な心境は誰にも理解してもらえない。やがて母親の愚痴を聞いているのもしんどくなって、その日は講義の時間よりも早めに家を出た。

夏も近づき、空は気持ちよく晴れ渡っているというのに、善光の心にはまるでどんよりと分厚い雲がのしかかっているようだった。

講義に出ていてもいつも以上に上の空で、学食でも食欲がなく、自動販売機で缶コーヒーを買ったのに取り出し口に置いたまま隣のベンチに座っていたりした。

『楽しかったことだけ覚えていてください。あとは忘れてくれていいです。あの夜のことも忘れて……』

ハルの言葉を思い出すだけで、錐《きり》で穴を開けられるように胸が痛む。痛くて痛くてどうしようもないのに、自分の気持ちが自分でわからない。

「善光、おい、善光っ」

誰かに名前を呼ばれて顔を上げたら、缶コーヒーを片手にした洋次が立っていた。

「どうしちゃったの、おまえ？　なんか魂が抜けたみたいになってるけど、何かあったのか？」

さすがに親友だけあって、善光がいつもと違うことはすぐにわかったようだ。

「あったといえばあった。ありすぎた。それで、俺はもうどうしたらいいのかわからなくなった。なぁ、洋次、おまえならどうする？　こう胸が痛くてしょうがないけど踏み出せない感じとか、正直になりたいのになるのが怖い感じとか、そういう複雑なもんが今俺の胸の中ではグワァーと、そう、まさにグワァーって感じで渦まいていてだな……」

こんな言葉で何が伝わるとは思わないが、何か言わなければいられないような心持ちだった。すると、洋次は善光の肩をポンポンと叩くと、隣に座って手にしていた缶コーヒーを差し出す。

「そうか。まぁ、ちょっとコーヒーでも飲んで落ち着け。俺の奢《おご》りだ。礼はいらない」

「えっ、くれるのか？　悪いな」

と言ったあと、その缶コーヒーと隣の自動販売機を交互に見て、これはさっき自分が買って取り出すのを忘れていたコーヒーだと思い出した。

「何が、礼はいらないだ。これは俺が買ったもん……っ」

文句を言いかけたら、洋次が手のひらをこちらに向けて黙れと言う。

「コーヒーだけの話じゃないぞ。俺はおまえの心が地の底に落ちていたとしても、一気にスカイツリーのテッペンまで浮上させる方法を知っている」

そんな方法があるならすぐに教えろと言いたい。今の自分をスカイツリーの高さまで跳ね上げることができるのは、おそらくハルが「ごめんなさい、嘘をついていました。僕は本当は女の子です」とおっぱいを見せてくれることくらいだろう。

（それなら、悩みが一挙に解決で、一気に成層圏まで行けるけどな）

だが、一応洋次の話というのも聞いてみれば、ひどくもったいぶった様子で携帯電話を取り出してくる。

「はい、ここにステキな番号とメールアドレスが登録されています。さて、誰のでしょう？」

「知るかっ。興味ない」

「へぇ、そうか？　茜ちゃんのものでもか？」

「茜……？」

　どこかで聞いた名前だ。

「そう。矢島《やじま》茜ちゃんだ」

　フルネームを言われてハッと思い出した。高崎が主催の合コンで知り合った、あの女の子の名前だ。そういえば、あとでアドレス交換をすると言っていながら、ハルを探しているうちに店を飛び出してしまった。そのあと、あんなことになって店に戻るどころではなかったし、そもそも彼女の存在すら忘れていた。

「なんでおまえが茜ちゃんの番号を知ってんだ？」

「ほら、喰いついてきた。どうだ、これで東京タワーくらいまで浮上したか？」

　それほどのものではないが、一応は気になった。洋次の携帯に手を伸ばそうとしたら、さっとそれを頭上に高く持ち上げて言う。

「あの夜、俺が話していた女の子がいただろう」

　そういえば、あの夜は洋次も珍しくツーショットになっていたが、その後はなんの連絡もなくふられたと言っていたはず。ところが、その彼女から突然メールが入り、なぜか善光の電話番号とメールアドレスを知りたいと連絡があったのだそうだ。

「彼女ら友達だったらしい。茜ちゃんが善光と連絡を取りたがっているからってさ。でも、勝手におまえの番号やアドレスを教えられないって言ったら、茜ちゃんの番号を教えてくれた。というわけで、電話をかけるもかけないもおまえ次第だ。もっとも、かけないという選択があるとは思えないがな」

少し前の自分なら、洋次の言うとおりそんな選択はなかっただろう。そして、洋次の友情には大いに感謝したことだろう。だが、今の善光はそれほど浮かれた気分でもなかった。

やっぱり心に引っかかっているのはハルのことで、こんな気持ちで彼女に連絡をしてもいいのだろうかと考えている。

「あの～、もしもし、善光くん。そのテンションの低さってば、いったいなんなのよ」

女の子からの嬉しい誘いにもいまいち反応が鈍い善光を見て、さすがに洋次もこれは本格的におかしいと思ったようだ。だが、いくら親友といってもこの悩みを相談するわけにはいかない。

問題は自分だけのことではなくハルにもかかわることで、人の性的指向を勝手にばらすような真似はできないからだ。

とりあえず洋次から彼女の電話番号とメールアドレスを受け取ったものの、それから数日は放置したままだった。そして、ハルといえば近頃は外で友達と夕食をすませてくることが多い。

善光と食卓で顔を合わせるのが気まずいのかと思っていたが、どうやら帰国の日が近づいてきて院で知り合った友人たちに送別会をしてもらっているらしい。

「うちでもハルくんの送別会しないとね。どこかへ食事に行くほうがいい？　それとも、家で何か作ったほうがいいのかしら」

ハルの帰国は来週末だ。その日の夕食はハルが大学の友人と食事に出かけていて不在だったので、母親はあれこれと父親に相談している。父親はどちらでもいいんじゃないかと気のない返事をしているが、ハルがいなくなることは寂しいと思っているのだ。

父親も善光と同様に、ずいぶんと英語の書類の読み書きを助けてもらっていたこともある。それ以外にも、休みの日に一緒に散歩に出かけたり釣堀に行ったりして、もはや善光がまったくつき合わないことにもちゃんと相手をしてくれていた。

嫁いだ姉や善光よりもよっぽど素直で可愛いのだから、内心では母親と同じようにずっといればいいのにと思っているのだろう。

「今週末の予定は空いているのかしら。だったら、家族で最後にどこか近場へ観光旅行するっていうのもいいわよね。ねぇ、善光、ハルくんが行きたがっているところとか知らない？　あなたも週末は空いてるんでしょう？」

「そんなの、本人に直接聞けばいいだろうが。それに、俺は今週末はバイトだし」

「そうなの？　なんで普段はぶらぶらしているくせに、こういうときだけバイト入れるのよ。気のきかない子ね」

本当は気がきかないわけでもない。バイトなんか入っていない。けれど、なんとなくハルと一緒に出かけるのが気まずいのだ。まして家族も一緒だなんて、どんな顔をして二人で歩けばいいのか複雑すぎてもはやその行事は手に余る。

それにしても、このままハルと別れてしまうのもあんまりだと思っている。どうしたらいいんだろうと考えれば考えるほど問題がこんがらがって、善光の馬鹿な頭ではどうにも整理がつかない。

いったい、何が一番の問題なのか。夕食のあと自分の部屋に戻り、ベッドに横になって考えてみる。本当は寝転がって考え事をしている場合でもないのだ。

来週には学期末試験があるから、少しは勉強しておかないとさすがにまずい。わかってはいるのだが、どうにも心が穏やかでないので勉強など手につかない。

そうして、なんとなく手にしていた携帯電話に触ってディスプレイを眺めているうちに、ふと思い出したことがあった。そういえば、数日前に洋次に教えられた女の子の電話番号とメールアドレスがあった。

合コンのときに話した茜という女の子はなかなか可愛かった。容姿も好みだったし、あまりベタベタした話し方でないのもよかった。

当然のことながら可愛い子は好きなのだが、自分の可愛さを知っていてそれを存分に利用しているタイプの子は好みではない。なので、変に甘えた声色を使うような女の子はどちらかといえば敬遠したい。だが、あの子はけっしてそうではなかった。

（メールでも送ってみるか……）

ハルへの気持ちの整理がつかない善光は、なんとなくこの閉塞的な感覚から逃げ出したくなっていた。女の子と会って楽しい時間を過ごせたなら、ハルへのこの複雑な気持ちも解消されるだろうか。

それに、どんなに悩んだところでハルは来週末にはアメリカに帰ってしまうのだ。この家からハルの姿がなくなり、両親以上に寂しさを覚えて落ち込む自分を想像したらなんだかゾッとする。それくらいなら、今から女の子と新しい「春」を迎える準備をしておいたほうがいいのかもしれない。

自分の身勝手さとか臆病さに気づいているけれど、だったらどうしたらいいんだと吐き捨てているもう一人の自分もいる。そして、ハルのあの夜の言葉がまた善光の心を苛《さいな》む。

『本当のことを言わずにいたこと、ごめんなさい。本当のことを言っても、やっぱり善光くんを困らせたみたいでごめんなさい』

ハルは謝り続けていた。本当に申し訳ないと思っているみたいだった。でも、謝る必要などないとなぜ言えなかったのか。それでも自分はハルが好きだとなぜ抱き締めてやれなかったのか。

体も大きく睨《にら》みもきいて、洋次と二人で歩いていれば「おまえらデカすぎ、迫力ありすぎ」と言われてしまう。ハルにも『見た目は男らしくていつも堂々としていて、性格は誰よりも優しい。僕がなれるものならなりたいって思う理想の男性です』なんて言ってもらった。けれど、実際はこんなにも小心者で男気の欠片《かけら》もない情けない人間だ。

でも、ハルがいなくなったらこんな悩みも全部なかったことにしてしまえばいい。そして、自分はごく当たり前に可愛い女の子と恋をして、ごく当たり前の人生の春を楽しめばいいだけだ。

（だって、しょうがないだろう。そうするしかないんだよ……）

ずるい自分をごまかすように己に言い聞かせ、善光は携帯でメールを打つ。茜は善光と一緒に映画に行きたいと言っていた。

ハルに出会うまえの自分は女の子とそういうことをして、ちょっと浮かれた日々を過ごしたかったはず。そんなに真剣になることもなく、どこまでも重いものを背負う気もなく、ごく当たり前の恋愛をしたかっただけだ。

そうやって無理矢理にでも吹っ切ればいい。ハルの言っていたように楽しいことだけを思い出にして、あとは過ぎていく時間とともに忘れてしまえばいい……。

「ずっと連絡がなかったから、もうふられちゃったと思ってたの。善光くんって渋くってもてるだろうし」

彼女は笑顔でそう言った。よもや自分が女の子からそんなセリフを聞かされる日がくるなんて、ほんの数ヶ月前まで考えたこともなかった。

ハルがくる前は、合コンがあると聞きつければなんとか洋次とともに潜り込み、めぼしい女の子に声をかけてどうにかメールアドレスの交換までこぎつけられたらと必死だった。

それが、どうしたことだろう。茜のような可愛い子に積極的にアプローチされている自分が信じられない。そもそも、ふられたことはあってもふったことなど一度もないし、「渋くてもてる」なんて言葉はこれまで一度も聞いたことがない。

いったい、自分の身に何が起きているのかと不安になるが、これがまさに人生の春だと言われればそうなのかもしれない。

求めてやまないときはこなかった春が、諦めたわけではないがそれ以外のことに気をとられているうちにいつの間にか訪れていたという皮肉。人生とはそういうものなのかもしれない。などと、理系馬鹿の自分が哲学的なことを呟くのを聞けば洋次が爆笑するだけだ。

「本当に映画もつき合ってもらえるとは思わなかったわ。もう諦めて一人で見にいこうかと思ってたのよ」

このときは少しだけ「しまった」と思ったのは事実だ。確か彼女はホラー映画ファンだった。そして、前から見たいといっていたのは、正直「勘弁してください」と土下座して逃げたいような3Dホラー映画だった。

でも、行った。ただし、上映中はずっと目を閉じていた。耳も塞《ふさ》ぎたかったが、それはさすがに彼女にチキンぶりがばれてしまうので耐えた。我ながらよく頑張ったと思う。

それにしても、彼女の根性の据わり方には頭が下がる。映画館を出るなりにっこり笑顔で言ったのだ。

「はぁ～、楽しかったわねぇ。目の前まで顔がただれた女が這ってくるなんて、ちょっと経験できないじゃない。それに、あの血飛沫《ちしぶき》の飛び散り方とか、やっぱりこれからは3Dの時代よね」

それは笑顔で言うことなのかと思うが、彼女は存分に楽しんだらしいのでそれでいいことにしよう。内心ではぐったりしながら映画館を出て、ちょっと洒落た店で一緒に遅いランチを食べながらお互いのことを話す。ここからがデートの本番だ。

「そう、来週は試験なんだ。大変ね」

「そっちも試験じゃないの？」

「うちは二期制だから、前期の試験は九月の終わりなの。だから、夏休み前は案外のんびりなのよ」

それは羨《うらや》ましい。そういえば、院のハルは試験もなかったはず。レポートの提出ですべて採点されるらしい。定期的に提出しているレポートも誤字脱字のチェックをしてほしいと何度か見せられたことがあるが、驚くべき完成度だった。

そのあたりの馬鹿な大学なら卒論としても充分通用するような内容で、善光はしみじみと日本最高学府というのはすごいと思い知らされたものだ。あるいは、ハルがすごいのかもしれないが、どっちにしても自分とは頭の出来が違いすぎる。

だから、ハルはきっとお利口な頭で自分の性的指向のことも、今回の善光との関係も冷静に割り切れるのかもしれない。そして、馬鹿な自分だけがいつまでもうじうじと悩んでいるのだ。

「でね、今度は友達の沙織《さおり》と一緒に……だから、善光くんも……、そういうこともあるし、いいのかもしれないって思ってるの。ねぇ、どう思う？」

何か質問されたようだと気づいて、ハルのことをぼんやり考えていた善光はハッとしたように我にかえる。

「えっ、な、何、何って……？」

「やだ、聞いてなかったの？　だから、今度は友達の沙織も呼ぶから、善光くんも友達を連れてきてダブルデートしないって話よ」

「あっ、ああ、そうか。そうだな。洋次なら飛んでくるだろうし……」

そんなことを笑顔で言いながらも、やっぱり善光の頭の中にはハルの存在がいる。今朝も家を出るときハルは屈託なく手を振って、「楽しんできてくださいね」などと言っていた。

そのハルは善光の両親が最後の休日だからと、車で箱根まで行って温泉旅館で昼食と温泉という日帰りプランを楽しんでくるらしい。

そういう年寄り臭い小旅行を若いハルが楽しいと思うのかどうかはわからないが、両親は今や息子のようなハルにとってちょっとした日本の思い出になればと考えて予約したのだ。

本当は善光もその場にいてやるべきだったと思う。でも、ハルの告白を受けた夜からは、もう自分はそれまでとは違って冷静な心持ちで彼のそばにいることができない。

(まして、一緒に温泉なんか入れるかよっ)

そう心の中で吐き捨てた瞬間ハルの可愛い裸をふと思い出し、彼女を前にして意味もなく頬を赤くしてしまった。

「わたしね、本当を言うと合コンなんて信じてなかったの。だって、馬鹿みたいじゃない。カッコイイ男の子に会いたい、可愛い女の子とつき合いたいなんて下心丸出しで男女が会うなんて恥ずかしくてやってられないって思ってた」

そんな言葉を聞かされて、ふと思い出したのは先日いきなり里帰りしてきた姉の言葉だ。

『合コンなんかで彼女を見つけようと思っているうちは無理ね。つき合っても長続きはしないわ』

ガツガツしている人間は見てすぐにわかるのだとも言っていた。あのときは、人並みに結婚できただけで何をいっぱしの恋愛カウンセラーのようなことを言っているんだと思っていた。

だが、姉の言っていたことは一理あったようだ。合コンに参加しながらも、目をギラギラさせて女の子を物色していたときには自分も洋次も見事に玉砕につぐ玉砕だった。

だが、ハルのことに気をとられて女の子のことをないがしろにしていたときに知り合った彼女からは、思いがけない積極的なアプローチを受けて、こんなにも順調な恋愛のステップを踏んでいる。

「でも、初めて行った合コンで善光くんを見て、なんとなく話してみたいなって思ったの。だから、二度目に参加したときに見かけたときは嬉しかったし、これは運命だと思って勇気を出して声をかけたの」

「あの、俺も最初は誰でもいいから可愛い子と知り合えたらって思ってたけど、何回か参加するうちになんか違うなって思うようになってた。だから、あのときの合コンを最後にしようって思ってんだ」

「そうなの。じゃ、本当にあのときに会えたのはラッキーだったのね」

「俺もそう思う」

なんだか妙に気が合うし、話していても肩が凝らない。むしろ楽しい。これがずっと自分の望んでいたことだといまさらのように思い出し、その日は夕方まで二人で過ごして帰宅する彼女が乗る電車の駅まで送っていった。

「また連絡してもいい？」

「もちろん。俺もするよ」

そう言って、お互い手を振って別れた。彼女は改札を抜けたあとも何度か振り返り、ホームの階段を上がっていくときにも一度こちらに向かって手を振ってくれた。

本当に楽しい一日だった。いろいろあったとはいえ、今回ばかりは本気で洋次に感謝しなければならないだろう。自分にもようやく人生の春が訪れたのだ。

彼女を見送って善光も帰宅のために電車に乗った。日が長くまだ西の空には少しだけ明るさが残っている。両親とハルも父親の運転する車で箱根からの帰路についているのだろう。

電車のドアのそばに立ち、楽しかった今日を振り返ってみる。彼女はいい子だ。これまで誰ともまともにつき合ったことがなかったが、長い間待っていた甲斐《かい》があったと思う。容姿も性格も善光の理想に近い。ホラー映画好きという趣味だけはどうかと思うが、それくらいは彼女の魅力で充分お釣りがくる。それに、誰にだって一つや二つは首を傾げるような趣味や嗜好があると思う。それを否定するほど心の狭い男ではないつもりだ。

今度は試験が終わったらまた会おうと約束した。それまでメールも送って、今日という日がとても楽しかったと伝えよう。それから、彼女は友達を誘い、善光は洋次を誘ってダブルデートもしようと話した。きっと洋次は大喜びするだろう。いつもみたいに、あの巨体で抱きついてきて「心の友よ」と叫ぶに決まっている。

試験をやっつけて夏休みになれば、バイトもしながら彼女とデートをして過ごすのだろう。きっと毎日が楽しくなるにきまっている。

やがて外が暗闇に沈み、ドアの窓が鏡のようになって映っているのを見た。楽しいことばかり考えているはずの自分の姿が映っていると思ったのに、なぜかその顔は笑っていなかった。

ひどく迷っているふうで、まるで迷子になって不安で仕方なく今にも泣きそうな子どものような顔の自分がいる。

（なんでだよ……っ？）

そんなはずはないと、もう一度今日の楽しかったことを思い出そうとしてみる。すると、奇妙なことに彼女の顔が思い浮かばない。あれほど可愛い笑顔だったのに、まるで白い丸にへのへのもへじと描いたみたいな顔がぼんやり浮かぶだけ。

その代わりに善光の脳裏にはっきりとあるのは、ハルの柔らかい笑顔。小首を傾げてちょっとはにかんだように笑う顔だ。そして、今朝玄関で善光を見送ってくれたときの顔。あのハルの顔も笑っているのに笑っていなかった。

ハルにあんな顔をさせたのは自分だと思うと、ドアの窓に映る自分が憎くて殴ってやりたくなった。でも、どうしたらいいのかわからない。好きだけど、男同士で手を握り合ってその先に何があるのだろう。それに、ハルはもうすぐ遠いところへ帰っていってしまう。

ハルがいなくなった日々を思うだけで、今日の楽しかった一日など吹き飛んでしまうほどに胸が痛くなる。本当はごまかすことなどできやしない。自分に嘘などつけるはずもない。どんなに馬鹿でもそれくらいはわかる。

洋次と二人してさんざん「彼女がほしい」と言ってきた。でも、本当にほしかったのは「好きになれる人」だ。愛しくてずっと見ていたい、触れていたいと心から思える人だ。そんな人に出会ってなかったから、これまで恋に落ちることもなかったんだとようやくわかった。

恋に落ちずに恋に夢中になれるわけがない。でも、ハルと出会って、ハルを知るほどに善光はとても大切なものを見つけた気持ちになった。

守ってやりたいと思ったし、自分のそばでずっと笑顔でいてほしいと思った。キスをして抱き締めて、女の子にするようなことを全部したいと思った。男でもいいからそうしたかったのだ。

（でも、どうしようもないんだよな……）

どんなに自分に正直になったところで、どうすることもできない。ハルは手の届かないところに行ってしまうのに、自分には追いかける術《すべ》もない。だったら、諦めるしかないじゃないかと今一度自分に言い聞かす。

だから、ハルは言ったのだ。

『楽しかったことだけ覚えていてください。あとは忘れてくれていいです。あの夜のことも忘れて……』

こうなるとわかっていたから。こうするしかないと知っていたから。善光は馬鹿だからそれを理解するのに時間がかかっただけだ。

そして、もう一つはっきりしたことがある。それは、自分は恋をした途端にそれが失恋になったということだ。ふられたわけじゃないけれど、実らない恋をしたのだ。

こんな気持ちになるなんて知らなかった。恋は楽しいばかりで、胸が痛いとかせつないなんていくつも恋愛した人がやがて味わうものだと思い込んでいた。ましてや、初恋は甘いばかりのものだと信じていたのだ。

善光は携帯電話をポケットから取り出すと、今日デートしたばかりの茜のメールアドレスを呼び出した。そして、ポツポツと親指で文章を打つ。

『今日はありがとう。楽しかった。でも、俺はもう君と会わない。本当にごめん』

理由は書けない。書いても仕方がない。でも、思う気持ちがないのにもう会っても仕方がないし、彼女にも失礼だろう。

送信ボタンを押してから、善光はもう一度ドアの窓に映った自分の顔を見た。さっきまでの迷子の顔が、今度は大切なものをなくし泣きたいのをこらえている顔になっていた。

◆◆

空港へ見送りには行かなかった。その日は本当にバイトがあったからだ。親からは「冷たい」だの「気がきかない」だのと罵《ののし》られたが、わざとバイトを入れたのだ。

人通りの多い繁華街で新しくオープンするファッションビルの宣伝用のティッシュ配りをしながら、善光は人間というのはしみじみ孤独なものだと噛み締めていた。

こんなに大勢の人が楽しそうに出歩いていて、中には幸せそうなカップルや親子連れがいるというのに、人ごみのど真ん中でティッシュを配っている自分だけが寂しさのどん底にいる。

「おい、善光、おまえティッシュ配ってる数より溜息ついてる数のほうが多いぞ。さっさと配れよ。ノルマが終わらないじゃないかっ」

同じファッションビルの名前が入った紺色のウィンドブレーカーを着て、すぐ隣でティッシュを配っていた洋次に肘で突かれる。

「ああ、そういえばおまえがいたな。俺は案外孤独でもないのか……」

などと呟いてから、虚しく乾いた笑いを漏らした。

「何言ってんだ？　それより、おまえには一言も二言も言いたいことはあるが、なんだかこの間から極端に弱っているみたいでちょっと心配してないわけでもない」

「弱ってるといえば弱ってるかな。俺はちょっとばかりおまえより人生の先を歩いてしまったんだ。そこは思ったよりも厳しくて、今の俺のＨＰはかぎりなくゼロに近い。だから、下手に俺をいじると、簡単に死ぬぞ」

「弱っているくせに、脅すとは卑怯な奴めっ。でも、あの茜ちゃんにふられたとあっては、もはや虫の息になるのも仕方ないな。想定内のこととはいえ同情はするぞ」

洋次には心から申し訳ないことをしたと思っているのだ。本当は茜にふられたわけではない。善光のほうからもう会えないとメールを打った。したがって、彼女の友達と洋次を呼んでダブルデートという話まで完全に潰《つぶ》れてしまった。

これがばれたら、多分数年ぶりに殴り合いの喧嘩《けんか》になるだろう。だが、幸いなことに彼女とはあれっきり会っていないと言ったら、洋次は一も二もなく善光のほうがふられたと思い込んだ。普段なら「親友とはいえ、失礼にもほどがある」と怒鳴るところだが、今回ばかりはその誤解をちゃっかり利用させてもらっている。だが、善光の孤独とＨＰがゼロの状態はけっして彼女とのことではない。

「あっ、そういえば、おまえんちのハルくん、今日が帰国の日じゃないのか?」

「ああ、今頃成田かな」

「ええーっ、じゃ、なんでおまえバイトなんかしてんの? 見送りに行かないと駄目だろうがっ」

「いや、親父と母ちゃんが行ってるから」

「いやいや、さんざん英語やスペイン語で世話になったじゃないか。それに、実らなかったとはいえ合コンでも世話になったし」

「まぁ、そうだけど。本人が見送りは必要ないって言うからさ。湿っぽくなるのがいやなんじゃないの」

どちらかといえば善光のほうが湿っぽくなるのは目に見えていたので、ここはハルの言葉に甘えて遠慮しておいたのだ。

「見た目は完全に日本人だけど、そういうところは案外ドライなのはやっぱりアメリカ人だからかな」

国籍だけはアメリカだが、ハルは心もかなり日本人だったと思う。でも、アメリカに帰りハルは「ハル」から「クリス」に戻るのだ。

「洋次にも礼を言っておいてくれってさ。通学の送り迎えをしてもらったり、いろいろと世話になったからって律儀に図書券を包んで置いてったからあとで渡すよ。漫画でも買えば」

自分にも置き土産があると聞かされて、洋次は急にしんみりとした調子で言う。

「そうか。いい子だったのに帰っちゃったか。それにしても可愛かったよな、ハルくん。電車でこうやって抱き締めるように守ってやっているとシャンプーのいい匂いとかしてさ、男とわかっててもちょっと下半身がうずうずする感じっていうか、痴漢の気持ちもわからないではないというか……」

「おい、何を血迷ってやがる。いくら彼女ができないからって、おまえはもはや性別も無視して盛る気か？」

もちろん、善光の立場で言えたことではないが、やましいことがある人間ほど強気に出てしまうものだ。わかっているだけに、自分の言葉が己自身に虚しく響く。そして、萎えきった心のまま洋次に告げる。

「それより、俺はもう彼女はしばらくいいわ。この夏はバイトしまくって、バイクを買う」

「えっ、そっちへ行く？　いきなり目標をシフトチェンジしちゃうわけ？」

洋次にしてみれば、試験も終わってこれからもう一頑張りすれば彼女を作ることも夢ではないと思っているのだろう。だが、善光はもうそんな気持ちにはなれなかった。だが、この気持ちを説明できるわけもないので、とりあえずバイクを手に入れるという新しい目標に邁《まい》進《しん》するしかないだけだ。

すると、洋次はまた哀れみの目で善光を見ると小さく頷《うなず》いた。

「そうか。やっぱり茜ちゃんにふられたのは相当きつかったんだな。彼女、可愛かったもんな。逃がした魚はでかいってことか。わからんでもない。が、慰めの言葉もないので何も言わん」

洋次に慰めてもらおうとは思っていない。それより、早く足元にある箱に入ったティッシュを配ってしまわなければ今日のノルマを果たせない。

チラッと駅前広場の時計を見れば、時刻は午後三時を回ったところ。そろそろハルの乗った飛行機が飛び立つ時間だ。空を見上げると、雲一つない青空が広がっている。善光の恋がこの空を飛んで行ってしまう。きっともう二度と会えないのだろう。

ハルの笑顔を思い出すと、なんだか青空が目に染みてちょっと涙が出そうになった。


試験の結果は、想像していたとおり最悪の精神状態で受けたため惨憺《さんたん》たるものだった。だが、すべての講義の出席率とレポートの出来具合との総合評価でなんとか単位を落とすことはなかった。

特に、英語と第二外国語はレポートの点数がやたらよかったので、試験がかなりひどい出来でもどうにかなった。すべてはハルのおかげといってもいいだろう。

そのハルがいなくなった我が家は三人家族に戻り、近頃の食卓は通夜のように静かだ。たまに洋次が夕飯にやってくると、これまでになく歓迎されているのはちょっとした賑やかしくらいにはなるからだ。

それでも、食卓や家族の団欒《だんらん》の時間に、二言目には「ハルくんがいたときは……」という言葉が両親の口から出てくるのにはまいった。

そのたびに善光の心の傷は抉《えぐ》られて、できかけた瘡蓋《かさぶた》を剝がされるような思いを味わう。だからといって、その話はもうなしにしようなどと不自然なことも言えないし、結局はじっと傷が癒されるまでときが経《た》つのを待つしかないという状態だ。

アメリカに帰ったハルからは何度かメールがきた。両親宛と善光には携帯電話のアドレスに送られてきた。日本にいたときのお礼が主な内容だったが、善光はそれすら心に突き刺さるのでろくに目を通さず、返事も打てないままだった。

父親や母親は最後の小旅行で撮った写真を添付して送ったりしているようだ。結局、二人ともまったくといっていいほど英語の勉強にはならなかったが、可愛い息子ができたようなものでそれだけで充分満足したのだろう。

そして、善光はといえば、夏休みに入ってからはずっとバイト三昧《ざんまい》の日々だ。この調子で真面目にやっていれば、本当に夏の終わりにはバイクを手に入れることも夢じゃない。

（ああ、バイクでアメリカまで走って行ければいいのになぁ。俺は太平洋が憎い……っ）

ものすごく壮大なものに憎しみを抱いたところで、己の非力さに虚しくなるだけだ。でも、バイクを手に入れたらどこか遠くへ走りにいこうと思っていた。

一人でどこまでも走っていって、そこでハルへの気持ちをそっと置いてこようなどと企《たくら》んでいたのだ。

（俺って、案外「乙女」だったんだな……）

今の善光は失恋した女の人が一人で旅に出る気持ちがものすごくよくわかる。だが、旅に出るためにはまずバイクだ。そして、バイクを手に入れるためにはバイトだ。

「母ちゃん、俺明日もバイトだから、七時起きでよろしく」

夕食を食べて席を立つとき、善光が母親に言った。自分で目覚まし時計をセットしてはいるが、寝過ごしたら本気でまずいときは一応母親に時間を言っておくことにしている。その時間になっても善光が起きてこなければ叩き起こしてくれるので、母親は一番信頼できる目覚ましだ。

これもまたハルがきてからしみじみ考えるようになったことだが、実家にいて気兼ねなく暮らしていられる自分はずいぶんと恵まれているということだ。もちろん、ハルも新しい父親や兄弟との暮らしを幸せに思っていることは知っている。それでも彼らの間には血の繋がりはなく、ハルは口にすることのできない悩みを抱え、嫌われ軽蔑される恐怖に怯えてきたのだ。

それに比べてみれば自分の両親のなんとお気楽なことか。世間に迷惑をかけず、人並みに生きていればよしというハードルの低さで許されている。

それも馬鹿なりに愛されているゆえだと思えば、夕食の肉の盛りが少ないとか、長男への心配りがないとか、小遣いを餌にこき使われているなどと文句を言うのはあまりにも情けない。自分はもっと実の両親に感謝するべきなのかもしれない。

そう思い善光がダイニングを出る前に振り返る。そして、テーブルの片付けをしている母親に向かってボソリと言った。

「あのさ、母ちゃん……」

食器を流しに運びながら、母親が何かを察したように答える。

「なぁに？　小遣いならあげませーん」

「いや、小遣いじゃなくて……」

「もしかして、バイトに行く電車賃がないとか？」

「いや、そうじゃなくて……」

「あっ、わかった。昼ご飯代がほしいんでしょ」

「だからっ、違うってばよ」

「だったら、何よ？」

己の身の上に感謝して、柄にもなく「ありがとう」なんて言おうとしていた自分が急に馬鹿らしくなる。

「なんでもねぇよっ。それより、明日は七時なっ」

結局、いつもと変わらず吐き捨てるように言ってダイニングを出ていこうとしたら、母親が息子のわけのわからない態度に溜息をつきながら言う。

「なんか急にバイトに張り切っちゃってるわねぇ」

「まぁな。で、先に言っておくけど、バイトの金でバイク買うんで、駐車場の隅っこに置かせてもらうから」

「えっ、そうなの。母さんはてっきりお金を貯めてアメリカに行くのかと思った」

「はぁ……？」

一瞬頭の中が真っ白になった。今何か不思議な言葉を聞いた気がしたからだ。

「だって、ハルくんからいつでも遊びにきてくださいってメールが入ってたでしょう」

「何っ？　う、嘘だ……っ」

「なんで嘘言わなきゃなんないのよ。ちゃんとメール読んだの？　あんたのアドレスにもきているんでしょうが」

確かにきている。慌てて携帯電話を取り出してメールを開き、ハルからのメールを読み返す。日本滞在中のお礼の他に、母親の言うとおりアメリカへきてくれたら歓迎するという内容の文章もあった。だが、それは社交辞令のようなものだろう。この言葉を真に受けて本当にサンフランシスコへ行ったら、きっと向こうも困惑するに違いない。

でも、母親の言葉は少しばかり善光の頭に残る。その日はバイトで駅ビルの中の抽選会会場で人の列を誘導しながらも、頭の中はずっと太平洋を渡ることばかり考えていた。

考えてみたらバイク代を飛行機代に変えれば太平洋は渡れるのだ。なんでそれに今まで気づかなかったのかと思うが、そこからまた考えがはたと止まる。

ハルに会いにサンフランシスコに行ったとして、自分は彼に何を言えばいいのだろう。日本で気まずいまま別れてしまったことを詫びたところでいまさらだ。

そんなことより、自分はハルに何が言いたいのだろう。アメリカに会いにいくことに思い至らなかったのは、他でもない。自分が彼に会いにいく意味が見つけられないからだ。

ハルが好きだという気持ちはまだこの胸にある。あの笑顔を思い出すたびに胸がせつなくて、恋しいと思う。でも、ハルはどう思っているだろう。もう善光のことなど日本の思い出の一つになっているかもしれない。あの可愛らしい赤い唇で「善光くんが好きです」と言ってくれたことなど、忘れてしまっただろうか。

「おい、神田《かんだ》くん、そっち列が横に流れてるぞ。そこの線からはみ出さないようにしないと、歩行者の迷惑になるからちゃんとしてくれよっ」

ボーッとしていたら、いきなりバイトの現場の責任者の人に叱られた。我に返ったように人の列を真《ま》っ直《す》ぐに並ばせるために、メガホンを使って誘導に当たる。

細かいことを考えるのは苦手だ。機械は間違えなければ正しく動く。でも、人の心は間違うとか正しいとか以前に、複雑すぎて操作すらできない。どこを押せば何が返ってくるのか、そのたびに違っているから善光は身動きが取れなくなってしまった。こんなときはどうしたらいい。誰かに助けてもらうにしても、相談できる相手が思い浮かばない。

一日のバイトを終えた帰り道、今日は違う現場でバイトに入っている洋次からメールが届いた。

『今日のバイトの現場で、ちょっと可愛い子に会った。俺、ラッキーなのか……？』

どういうメールだと、受け取った善光が首を傾げる。なぜ最後にクエスチョンマークがついているんだ。可愛い子に会ったなら、それは単純にラッキー以外のなにものでもないだろう。なのに、何を迷っているのか、あるいは悩んでいるのかわけがわからない。

（馬鹿の考えていることは、いよいよわからんな……）

思わず携帯電話をポケットに入れて溜息を漏らす。洋次とは馬鹿同士かもしれないが、馬鹿の種類が違う。そこまで「魂の双子」にはなりたくないものだと思っている。

すると、また携帯電話に着信の振動があり取り出してディスプレイを見てみれば、そこにはハルからのメールの着信案内があった。

一瞬、善光の心臓がドクンと鳴った。

忘れようとしていたのに、このタイミングだ。だから、人は機械と違ってわからないし難しい。善光は電車の中でそのメールを開く。

本当は一人になってから読んだほうがいいような気もしていた。けれど、一人だと自分の心が崩れ落ちてしまいそうな気もして怖かった。電車の中でなら人目を気にして、どんな言葉を読んでもきっと踏ん張っていられるんじゃないかと思ったのだ。

「善光くんへ」で始まる、ハルらしい律儀なメール。洋次など暇つぶしにタイトルもなく「バカ」とだけ送ってきたりする。もはや人間が細胞からして違うと思わされる。

善光は一度ディスプレイから視線を外して深呼吸をし、あらためてハルのメールを読む。

その後元気ですかという挨拶のあと、いきなりストレートな内容が目に飛び込んできた。

『日本でいろいろと自分自身について考えることができたから、今度勇気を出して家族に本当のことを話してみようと思います。自分をごまかしてこれからの人生を生きるのは辛《つら》いから、僕は僕でいようと思います。善光くんに会ってそう思えました。これが最後のメールです。ありがとう』

長いメールではなかった。でも、一文字ずつハルの気持ちが伝わってくる。だから、思わず自分の拳で自分の額を思いっきり叩いたら、近くにいたＯＬ風の女性がぎょっとしてそそくさと離れていった。なんだか危ない男だと思ったのだろう。

だが、今の善光は周囲の視線を気にする余裕もない。ハルからのメールを読んで、これを打っているときの彼の気持ちが痛いほどに突き刺さる。

（わかってる、わかってるから……っ）

そう言いたくて仕方がない。なぜなら、善光も同じようなメールを打ったことがあるからだ。可愛くて理想的な彼女になると思っていた茜に自分が打ったメールは、「もう会わない」という内容だった。

会いたくないわけじゃない。会ってはいけないと思ったのだ。それは彼女のために。誰かのためを思って離れなければならないときの気持ちだけは、経験したからこそわかる。ハルは善光をこれ以上悩ませないために、最後のメールをくれたのだ。でも、彼は逃げていない。家族に本当の自分を打ち明けるつもりだ。

それがどのくらい勇気のいることか、今の善光にはわかる。あれから、北米のゲイの現状を調べてみたのだ。善光の世代は、もはやアメリカナイズなどという言葉を使うことさえ憚《はばか》られるほどどっぷりとアメリカ文化に浸って生きてきた。映画もドラマもなんでもアメリカと同じものを見て育ってきたのだ。食べるものだってそうだし、英語の教育もうんざりするほど受けてきた。アメリカのことならまるで隣の県のことのようにわかっているつもりだった。

それでも、日本人には理解できない彼らのルールがある。日本人とはまったく違う宗教観を持って生活している彼らのゲイに対する嫌悪は根強く、それを排斥しようという意識は常に薄れることはない。

ハルの母親は日本人だが、義理の父親や弟たちは熱心ではないがクリスチャンだと言っていた。そこに根ざした倫理観を大切にしていたら、ハルの性的指向を快く受け入れてくれるとはかぎらない。

性的指向に解放的な考えを持つ人とどこまでも保守的な人間が入り乱れたカオスのような国にいて、ハルは自分は自分でいようと決めたというのだ。

あの小さくてか弱くて、はかなく優しさだけでできているようなハルが、どれほどの決意でその戦いに挑んでいくつもりなのだろう。誰か助けてくれる人はいるだろうか。母親はそうだとしても、ハルはそのあと家族の中で孤立していくかもしれない。

本当は寂しがり屋だと思う。誰かの温もりをほしいといつも手を伸ばしているようなところがある。早くに実の父親を亡くした影響もあるはずだ。強くたくましい男性に憧れる気持ちが、恋心に変わったからといって誰がハルを責められるだろう。

それでも、ハルは男だ。こんなにも強い意志を持って、己の生き方を決心した。それなのに、自分ときたらどうなんだ。こんなにでかい体をしていながら、心はハムスター並みにひ弱じゃないか。

こんなことでは駄目だ。絶対に駄目なのだと思った。馬鹿とか利口の問題じゃない。もはや、男気の問題だ。馬鹿のうえ男気もなくしたら、自分は生きている意味もない。

今の自分は何をしたらいいのだろう。何かをしなければならない。そういう気持ちだけでひどく焦っている。そのとき、電車が駅に着いてドアが開く。地下鉄とＪＲの乗り換え案内が流れる、都心のターミナル駅だ。善光は思わずその駅で電車を降りると、携帯電話の電話帳からとある番号にかけた。

「もしもし、姉ちゃん。ちょっと相談があるんだけど、今からいいかな？」

誰に相談したらいいのかわからなくなり、最後に思い浮かんだのは姉だった。

「相談？　なんの？」

「恋愛だ」

一瞬、電話の向こうで沈黙が続く。きっと弟が合コンで適当な女に引っかかり、のぼせ上がったあげくに相談を持ちかけてきているとでも思っているのだろう。だが、そんな話ではない。もっと大切で、もっと善光の人生を左右する問題なのだ。だが、そのことを説明する前に、姉がフンと鼻を鳴らして言った。

「わかった。今夜は旦那が接待で遅いから今からきなさいよ。話くらい聞いてあげられると思うわ」

幼少の頃からいろいろと虐げられてきたものの、頼りになる姉ではあった。小学校三年のときにオネショをして、朝起きて青ざめていたときに姉がさっさとシーツをひっぺがして洗濯機に突っ込み洗ってくれた。実は、それが未だに姉に頭が上がらない一番の理由だったりするのだが、この歳になればもはや笑い話でしかない。

それでも、姉に逆らう気も起きないのは、心のどこかでこの人は母親の次に頭が上がらない女だと認めているから。今も善光の恋愛の相談があるという突然の電話に、茶化すこともなく真面目に対応してくれた。

彼女にはきっと弟の馬鹿さ加減と本気の違いがわかっているのだろう。だから、いざとなったらやっぱり頼りになるのは彼女なのだ。

善光は電車を乗り換えて、姉の家へと向かう。途中で駅中にあるコンビニでシュークリームを三個買い手土産にして新婚のマンションに訪ねると、姉はパジャマで顔に白いパックを貼りつけた出来損ないのジェイソンのような姿で出迎えてくれた。

旦那の帰宅が遅いからといってその格好はくつろぎすぎていないかとは思ったが、今夜のところは何も言わずにシュークリームを差し出した。

「おや、人並みに気遣いを覚えたの？」

「ちょっと馬鹿かもしれないが、それ以外は一応人並みだからな」

「それは何よりじゃない」

そう言いながら、姉は善光を新婚の雰囲気がまったくない部屋のリビングに案内してくれる。

善光よりも男らしいと言われるほどにサバサバした性格の姉をもらいたいという男が現れ

たときは、正直どんな物好きだと家族全員が驚いた。だが、やってきたのはものすごく普通のサラリーマンで、おまけに姉より身長が三センチ低かった。

それでも、彼はまったく物怖《ものお》じすることなく姉のことを幸せにする自信がありますから、嫁にくださいと堂々と言い切った。その天晴れな姿に両親は思わず拍手していたくらいだ。世の中、どこにどういう似合いのカップルが生まれるかわかったものではない。

ということで、今夜は善光の恋愛相談だ。

「で、何をどう悩んでいるわけ？」

姉は善光の手土産のシュークリームをいきなり頬張りながら、キッチンでお茶の用意をしつつ訊く。普通はお茶を出してからシュークリームを食べるんじゃないのかという突っ込みはこの際やめておく。

「あのさ、姉ちゃんは俺が……」

そこで一旦言葉を切ったのは、自分で自分の決心を固めていたから。そして、今一度深呼吸をして訊いた。

「姉ちゃんは俺がゲイになったらどうする？」

訊いてから、「あっ、しまった」と思ったのは、いくらなんでもこんなふうに直接的な訊き方をするつもりはなかったからだ。でも、ここにくるまでに頭の中であれこれと考えているうちに、問題はそこだけのような気がしていて咄嗟にそんな言葉が出てしまった。

ところが、姉は別段驚いた様子もなくお茶を入れた湯のみを二つ運んできて、二つ目のシュークリームに手を伸ばす。長身で痩《や》せているくせに大喰らいという父親そっくりの体質の姉は、一生ダイエットとは無縁なのだろう。

「どうするって、どうもしないけどね」

「いや、何か意見はあるだろう。親にどう言い訳するんだとか、本家の長男のくせにとか、世間体がどうのこうのとかさ」

とりあえず、自分がゲイになったときに問題になりそうなことを自ら提言してみたが、姉は軽く肩を竦めてみせる。

「そりゃ、いろいろあるでしょうよ。でも、最後に全部背負うのは自分だからね。親とか兄弟は関係ないいんじゃない。自分に覚悟があるかどうかだけでしょう」

「い、いや、そういきなり究極の答えを突きつけられても……」

もっと他に確認したり訊くことはないのかと善光のほうが戸惑っていたが、姉はあくまでも冷静だった。

「わたしだって、『ゲイになれ』とも『ゲイ万歳』とも言わないけどさ、あんたが誰を好きになってもそれはあんたの意思だから止める権利はないってだけよ。ただし、権利と一緒に義務もついてくるんだから、それさえ果たせば好きにすればいいんじゃないの」

「親父と母ちゃんは納得するかな?」

「それをさせるのもあんたの義務でしょ。それだけ頑張れるかどうかは、自分の胸に聞くしかないわよね」

昔から何を相談しても、プロセスは抜きで最終結論がすっ飛んでくる姉だった。今回もまさにそのとおりで、返す言葉もない。でも、きっと自分はこういう言葉を聞きたくて姉のところにきたのだ。

善光は最後の一つのシュークリームを引っつかむと、バリバリと袋を破って食べた。そして、口の周りを子どものようにカスタードクリームだらけにして姉に言った。

「姉ちゃん、金貸して。必ず返すから」

「いくら？」

「とりあえず、十五万くらい。無理なら十万でもいい」

姉と弟はテーブルを挟んでシュークリームを貪《むさぼ》り食べながら、まるで百円の小遣いのやりとりのように話している。姉の呆《あき》れた顔を見ても善光は怯まなかった。無理は承知だが、他に頼める相手がいないのだ。バイト代では到底渡米費用には足りていない。

すると、姉は黙ったまま立ち上がり、リビングボードの引き出しから封筒を取り出してきてそれを善光の前にポンと投げて渡した。

テーブルに投げられたそれを手にして中を確認してみると、一万円札が二十枚入っていた。

「わたしのへソクリ。ちゃんと返しなさいよ」

善光はテーブルに額を擦りつけて姉に礼を言った。幼少の頃から虐げられてきた記憶は数数あるが、自分の姉が彼女でよかったと思っている。でも、そんなことはこっ恥ずかしくて言葉にしては言えない。なので、ひたすら両手を摺り合わせて、目の前の顔にパックを貼りつけた観音様を拝むばかり。

迷っている背中を押してもらい、金も用立ててもらった。あとは自分が行動するのみだ。やがてすっくと立ち上がった善光は、姉に今一度礼を言って玄関に向かった。すると、背後から見送る気もない姉が言った。

「どうでもいいけど、ハルくんが相手じゃあんたは確実に尻に敷かれるわね」

なんでわかったんだと振り返ったが、パックを剝がした姉がしたり顔で笑っていた。

小学三年のときのオネショで約十年、そして今回の件でまた十年、あるいはそれ以上自分は姉に頭が上がらなくなるのだろう。

(もう、本当にどうでもいいけどね……)

どうせ死ぬまで姉は姉で、自分は弟なのだ。ハルのような義理の弟との関係も大変だろうが、実の姉との関係だってけっこう大変だったりする。

それでも、あのオネショをした朝と同じで、姉がいてよかったと思っていることには違いない。とりあえず借りた金をデイパックに入れた善光は、感謝の気持ちで姉の部屋をあとにするのだった。

思い立ったら、人生はどうとでもなるもんだ。

(が、道に迷ったらどうにもならんだろうが……)

ハルの決心を知り自分の気持ちに踏ん切りをつけ、親を適当に説得し、親友の洋次のことはいっさい無視して、姉に金を借りた一週間後に航空券を手に入れて日本を発《た》った。

そして、八時間後にはサンフランシスコの空港に着いていたが、そのあとダウンタウンまで出るのに五時間かかった。ようするに迷子になっていたのだ。

こんなことならもっと真面目にハルから英語を勉強していればよかったなどと思っても、すべては後の祭りだった。持っているのはハルの住所を書いた紙。ここに行くにはどうしたらいいのかと人にたずねること十数回。

中にはとても親切に嘘を教えてくれる人もいて、悪気はないのかもしれないがとんだ迷惑だからはっきりと知らないなら知らないと言ってくれと言いたかった。でも、それさえも英語で言えないから、騙《だま》されるままにずいぶんと遠回りしてようやくそれらしいエリアにたどりついた。

ハルの家の外観は写真で見たことがあるが、同じような家が建ち並ぶ街ではストリート名と番地だけが頼りだ。

タクシーを使う金はないので、どうにかバスを乗り継ぎながらやってきた町は閑静な住宅街だった。サンフランシスコは坂が多く、アメリカの都市の中では住宅が密集しているという話を聞いたが、ダウンタウンから少し離れれば案外平地もある。そして、道幅も広く日本と違って人通りが少ない。住所を書いた紙を片手に道をたずねたくても、人がいないのだからどうしようもない。

「この道で間違ってないよな」

そう呟きながらストリート名を確認し、番地を順番に見ながら歩いていく。最初のうちは偶数と奇数で道の右と左に分かれていると気づかず、文字通り右往左往していた。が、そのうち番地の割り振りの規則がわかって、ハルの家の奇数番号が並ぶ左側の歩道をひたすら歩き続けた。

ただし、この道がやたら長い。真夏の昼下がりのサンフランシスコはそれなりに暑い。日本よりは空気が乾いているのでじめじめとした暑さではないが、やたらと喉が渇く。なのに、道路のどこにも自動販売機の一つもない。

こんなことでは道端で遭難する人間が出るんじゃないかと思うのは、日本人だけなんだろうか。頭が朦朧《もうろう》としてだんだんと自分がどこにいてなんのために歩いているのか、その目的まで曖昧になってきた。

2151という番地だけを呟きながらふらふらと歩いていると、ハッと気づけば2157番地まできていた。足を止めて三秒考えてから、自分が目的の家を通り越したことに気づき慌てて戻る。

すると、三軒戻ったところにその番号があった。白い縁取りに青い壁の外観は写真で見たものと違わない。家の前の階段にも見覚えがある。ハルの家族が並んで写真を撮った階段だ。その前には芝生のフロントヤードがあって、いかにもアメリカの家という感じだった。

この家にハルは暮らしているのだと思うと、なんだか不思議な感じがした。日本にいるときのハルはその見た目といい、流暢な日本語といい、ごくごく普通の日本人に見えた。善光の家にいても、なんの違和感もなく溶け込んでいたというのに、彼はアメリカ国籍を持つアメリカ人で北米の文化の中で生まれ育ってきたのだ。

いまさらのようにそれを認識すると同時に、善光は自分がはるばると遠方までやってきたものだと感慨深くなった。だが、ここで満足も納得もしている場合ではない。真の目的はハルに会うことだ。ハルに会って謝るべきことを謝り、伝えるべきことを伝える。それをしないうちは日本に帰ることはできない。

レベルは天と地ほどに違うが、もはやその心境は野口英世博士の「志を得ざれば、再び此の地を踏まず」と同じだった。

そこで自分に気合を入れるため、両手で頬を挟み込むように三発叩く。

「うしっ！」

唇を尖《とが》らせて小さく叫ぶと、拳を握り玄関先に向かう。だが、フロントヤードの途中でピタリと足が止まる。ベルを鳴らしてもすぐにハルが出てくるともかぎらない。だが、母親なら日本語が通じるはず。しかし、弟が出たらどうする？　とりあえず、「ハロー」でいいのか。いや、待て。もし家族全員が外出中ならどうしたらいい。玄関先で待っているしかないか。でも週末だし、旅行にでも出かけていたら日曜の夜まで戻ってこないとか。

いやいや、そんなことよりも、警察官だという父親に不審者だと思われていきなり銃を突きつけられたりはしないだろうか。アメリカ映画だと警官はすぐに発砲するし、銃の所持は認められている国だし……。

あれこれ考えていると、この期に及んで頭の中がパニックになってしまい、足が一歩も前に進まなくなった。

（おい、こらっ、しっかりしろっ。ここで男気を見せずにどうするつもりだ。なんのため太平洋を越えてきたんだ。おまえはやれる男だ。きっとやれるさっ。だから、行けっ、前に進めっ。ベルを押すんだっ）

胸の中の叱咤《しった》激励の言葉ばかりは勇ましいが、緊張で額から冷や汗が流れてきた。喉が渇いているうえに冷や汗までだらだら流したら、ハルの家の前まできて脱水症状で倒れてしまいそうだ。

そうなる前にどうしても一目ハルに会わなければならない。そう思って一歩前へと踏み出したとき、いきなり玄関ドアが開き、金髪で青い目の少年が飛び出してきた。そして、善光の前に仁王立ちになったかと思うと、胸の前で腕を組みなんだか偉そうな態度で怒鳴っている。

「×○△～●□☆◎×××──！」

英語でまくしたてられてもわからないから答えようがないが、どうやら何か怒っている様子。そして、もう一度ドアが開いたかと思うと、もう一人の金髪の少年が心配そうに顔だけ出してこちらを見ている。ハルに見せてもらった笑顔の写真とは印象が違うが、おそらくこれは義理の弟たちなんだろう。

さらにその後ろからは、黒髪のハルによく似た日本人らしき女性。間違いない。ハルの母親だ。

「あっ、あの……、ハルの……」

善光は助かったとばかり彼女に向かって声をかけようとしたら、目の前の金髪の少年がそれを阻止しようと両手で肩を突き飛ばしてくる。

「おいっ、何すんだよっ。俺はハルに会いに……」

だが、また英語で怒鳴り、玄関からはもう一人の少年も何か叫び、ハルの母親もやっぱり英語で何か言っている。一人一人がゆっくり話してくれてもわからないのに、三人が英語の早口で興奮したように何か叫んでいたら、もはや善光には何がなんだかさっぱりわからない。

とにかく、日本語がわかるだろうハルの母親に向かって話しかけようとするが、目の前の金髪小僧がいちいち嚙みついてきて邪魔をする。

「おいっ、ちょっと邪魔すんなって。あの、すみませんっ、俺、日本からきた……」

金髪小僧を押しのけるようにしてフロントヤードからハルの母親に話しかけようとしたとき、今度は背後から声がかかった。

こっちに向かって話しかけているらしいが、英語ではわからないと日本語で言っても向こうもわからないだろう。苛立ち紛れに睨みをきかせて振り返ると、なぜか日本語が聞こえた。というより、自分の名前が呼ばれた。

「えっ、よ、善光く……ん？　どうして……？」

そこにいたのは自転車に跨《また》がったハルで、彼は善光の姿を見てポカンと口を開けていた。

やっと話の通じる人間に会えた。というか、目的のハルに会えた。善光は思わずホッとして片手を上げると言った。

「ハ、ハロー」

咄嗟に出たのがその一言だった。自分でも馬鹿すぎると思った……。

「ごめんなさいね。そうとは知らずに、てっきりうちの前をうろつく怪しい人かと思っちゃって……」

ハルの母親が善光に冷たい麦茶のグラスを差し出しながら言った。家の前ででかい東洋人の男が行ったりきたり、立ち止まったり何かを呻《うめ》いていたりしたので、てっきり不審者がうろついていると思ったらしい。弟たちが飛び出してきたのも警察官の父親の血なのか、怯える母親を守ろうとしてのことだったようだ。

リビングのソファに座りそれを一気に飲み干した善光は、ようやく人心地ついてあらためてペコリと頭を下げた。

「こちらこそ、なんか驚かせてしまってすみませんでした。で、麦茶もう一杯もらっていいですか?」

アメリカにきて冷たい麦茶を飲めるとは思っていなかった。聞けば、近頃はスーパーで普通に売られているらしく、健康志向が強い人の間では夏の清涼飲料水として甘い炭酸飲料よりも人気があるらしい。脱水症状になりかけていた善光には、まさに神の水のごとき美味しさだった。

そして、二杯目の麦茶を飲み干した善光は、一緒にリビングにいるハルに向かって言った。

「ごめん。ちゃんと連絡してからくればよかったんだけど……」

こないでくれと言われるのが怖くて、結局日本を発つときもアメリカに着いてからもメールや電話の一本も入れられないままここまできてしまったのだ。きっとハルも呆れているだろうと思ったが、彼はにっこりと笑って首を横に振る。

「ちょっと驚いただけ。でも、会いにきてくれて嬉しいです」

ハルは自転車で図書館に行っていたそうで、家に帰ってきたらフロントヤードで弟と善光が睨み合っていてさすがに驚いたという。

「本当言うと、もう二度と会えないかもしれないって思っていたから」

「そ、そのことだけど、ハル、あのな……」

思わず立ち上がってハルの前に行こうとしたら、左右からさっきの弟たちが顔を出す。下の弟のショーンは善光がもう怪しい人間ではないとわかって笑顔になっていたが、上の弟のライアンはまだちょっと警戒心を解いていない感じだ。

二人は英語で善光について何かハルに質問している。ハルは二人にそれぞれ言葉をかけると、ショーンはライアンに手を引かれて裏庭に出ていった。そして、すぐに庭のバスケットコートでボールを追いかけはじめた。なんだかハルの話していたとおりで、アメリカの家庭だなぁと当たり前のことに感心する。

「あっ、それで、俺がここにきたのは……」

今度こそハルと二人で話そうとしたら、キッチンから顔を出した母親が善光にたずねる。

「善光くん、しばらく泊まっていくんでしょう？　クリスの部屋で一緒に寝てもらってもいいかしら？」

「あっ、いや、俺、安いホテル探すつもりで……」

急なことだったし、本当にハルの家に世話になるつもりはなかった。航空券とホテル代も必要だと思ったから、姉に借金をしてきたのだ。だが、ハルも彼の母親もそんな必要はないと善光を引き止めた。

「日本にいる間はずいぶんよくしてもらったって聞いているのよ。この子、日本に帰る家がないから、本当に神田さんには息子みたいに面倒みてもらって感謝しているの。だから、善光くんも遠慮なんかしないでうちに泊まっていってね。主人も賑やかなのが好きな人なの。きっと喜ぶわ」

「そうだよ。わざわざホテルなんて行く必要はないです。僕の部屋でいやでなければ……」

そう言いかけてハルはちょっと口ごもる。きっと善光の部屋で二人して眠った夜のことを思い出しているのだろう。あの夜から二人の関係はぎくしゃくしてしまったのだ。そして、善光はそのことを詫びるためにここにきた。

「じゃ、すみません。お言葉に甘えます。ありがとうございます」

「善光くん、好き嫌いはない？　苦手なものがあったら言ってね」

善光が頭を下げて礼を言うと、ハルの母親はさっそく夕飯の用意に取りかかっていた。そして、ハルが善光を二階の自分の部屋へと誘う。

「リビングだとなんだかゆっくり話ができないので、僕の部屋へ行きましょうか」

ほんの数日の滞在の予定なので、大きめのスポーツバッグだけでやってきた善光はそれを抱えてハルについていく。

二階の廊下の一番手前がハルの部屋で、中に入るとけっこう広い。さすがにアメリカだけあって、なんでも大きめに作ってあるので長身の善光にはいろいろとちょうどいい。日本ではなんでも小ぢんまり作られているからあちらこちらで頭を打ったりして、洋次ともどもけっこう身を屈《かが》めて暮らしているのだ。

「そのソファの背もたれを倒せばベッドになるから、それを使ってください。シーツや枕はあとでお母さんに用意してもらいますから」

そう言うと、ハルは自分のベッドにちょこんと座る。善光にはちょうどいいサイズのものは、ハルにはもれなく大きいということだ。天井まで届きそうな本棚も、上のほうの本を取るためのスツールが横に置いてある。そのスツールを見て気がついた。

「それ、もしかして親父さんの手作り？」

確かハルの義理の父親は日曜大工が得意で、背の低い母親がキッチンの上の棚のものを取りやすいようにと手作りでスツールを作ってくれたと言っていた。母親のはピンク色に塗って名前も入れてあるという。そして、ここにあるのは水色に塗られていて「Chris」の文字が入っている。

「お義父さんが一緒に暮らすようになって最初に作ってくれました」

「やっぱり、こっちじゃクリスって呼ばれてるんだな」

弟たちの早口の英語は理解できなかったが、彼らが「クリス」と呼んでいるのははっきりと聞き取れた。それに、日本人の母親も「ハル」ではなく「クリス」と呼んでいる。

「でも、善光くんはハルって呼んでください。そのほうが慣れているでしょう」

善光にとって「ハル」は「ハル」でしかない。だから、黙って頷いた。それから、しばらく二人の間で沈黙が続き、下の裏庭で弟たちがバスケットをしてはしゃいでいる声が窓から聞こえていた。

「あの、僕に会いにきてくれたんですか？」

先に口を開いたのはハルのほうだった。

「メールを読んで、いてもたってもいられなくなった。俺はハルに謝らなけりゃならないし、それに自分の気持ちもきちんと伝えなけりゃならないと思ったんだ」

「善光くんが謝るようなことは何もないですよ」

そんなふうに言われたら、善光はますます自分の情けない行動を後悔してしまう。だから、正直にそのことを言った。

「俺はあの夜のことを後悔しているんだ」

するとハルは少し寂しげな顔になったが、すぐに無理矢理作った笑顔で頷く。

「わかっています。ああいう場所だったから、なんとなくしてしまっただけですよね。善光くんはゲイじゃないし……」

「あっ、違うっ、違うぞ。あの夜って、ホテルでの夜のことじゃないぞ」

ハルが高崎に連れ込まれたラブホテルの一室で抱き合った夜のことを言うので、善光は慌ててそれを否定した。

「俺が言っているのは、ハルが帰国する前に姉ちゃんが里帰りしていて、俺の部屋で一緒に寝たときのことだ。あっ、一緒に寝たっていっても、一緒の部屋で寝たってことだけど……」

「ああ、あの夜ですか。でも、それならなおさら、善光くんが後悔するようなことはなかったと思います」

「いや、あるんだよ。あるんだ。俺は後悔だらけの男だ。もう、あの日からずっと後悔が服を着て歩いているようなもんだ」

「後悔が服を着て歩く……？」

「日本語にはそういう表現もあるんだよ。つまり、死ぬほど後悔していて、後悔の固まりみたいなもんだってことだ」

その言い回しに納得したハルは「なるほど」と頷いたが、あたらめて小首を傾げる。

「でも、どうして？」

「俺は自分の気持ちから逃げた。それでハルを傷つけた。情けない男だと思うかもしれないけど、あのときの俺は馬鹿だった。あっ、今もハルより馬鹿だけど……」

そんなことはないと言いかけたハルだが、途中で言葉を止めたのはそうかもしれないと思ったからだろうか。だが、そうではなかった。

「あのときはそれで普通だと思います。いきなりカミングアウトされたら、誰だって戸惑うだろうから」

「いや、俺はハルより先に言おうと思っていたんだ」

「え……っ？」

ハルが一瞬きょとんとした顔でこちらを見る。窓際に立っていた善光は一度裏庭でバスケットしている弟たちに視線をやってから、あらためてハルのほうへと振り返る。

「あらためてはっきりと言うよ。俺はゲイじゃない。少なくともそうじゃなかった。でも、ハルが好きになった。その気持ちに嘘はない。だから、成り行きだったかもしれないけれど、ハルを抱いたことは微塵も後悔していない。それに、俺の部屋で一緒に寝たあの夜だって、自分からハルが好きだと言うつもりでいたんだ」

「う、嘘……。本当に……？」

やっと思っていることを言えた。でも、まだ言葉が足りない。一度裏切ってしまったハルの信頼を取り戻すために、善光は胸の中にあったものをすべてきちんと彼の前にさらけ出すつもりだった。弱くてずるかった自分を認めてからでなければ、新しい一歩が踏み出せないから。

「なのに、ハルからゲイだと聞かされた途端、俺は怯んでしまったんだ。男同士だってわかっていたけど、自分たちはそうじゃないって勝手に思い込んでいた。つまり、なんて言ったらいいのかな。ゲイじゃないけどお互い好きになったって思ったんだ。でも、ハルの告白を聞いて、ハルはゲイだから俺に抱かれたんだろうかって考えてしまって……。それって、なんか純粋な恋愛じゃないような気がしたんだよ」

「難しいけれど、なんとなく善光くんの言っていることはわかります。僕が悪かったんです。ゲイだということ、もっと早くに打ち明けておくべきでした。そうしたらホテルであんなことになっていなかったかもしれないし、善光くんを悩ませてしまうこともなかった」

ハルはいつかの夜と同じように悲しそうな表情になり、そのまま俯《うつむ》いてしまった。こんな顔をさせたかったんじゃない。そうじゃないんだと伝えるために善光はアメリカまできたのだ。だから、ハルの座っているベッドの前まで行くと、そこで座って胡坐《あぐら》をかいた。そうすれば、ちょうどハルの顔を下からのぞき込めるからだ。

「でも、違うんだ。なぁ、ハル、今度こそちゃんと言うから、聞いてくれるか?」

ハルはいつも見上げている善光が見下ろす位置にきたので、少し戸惑いながら黒い大きな瞳でこちらを見つめている。善光はもう言葉を選ぶことをやめた。素直に自分の思うままに正直にならなければ、この気持ちは伝わらない。

「俺さ、あのあと合コンで会った女の子とデートした。可愛くていい子だったよ」

「そうなんですか。よかった。彼女ができたんですね」

だが、善光は首を横に振った。

「つき合ってほしいって言えばきっとそうなっていたと思う。でも、俺は言えなかった。本当に彼女のことが好きなのかどうか考えてみたら、彼女よりも好きな人が俺にはいたから」

ハルは少し奇妙な顔をしてみせる。言っている意味がわからなかったのかもしれない。

「あのさ、ハルはゲイだから俺に抱かれたわけじゃないだろう。ゲイだからって男なら誰でもいいわけじゃないよな。俺もそうだよ。ゲイじゃないけど、女の子なら誰でもいいわけじゃない。一緒にいるなら好きな人がいい。好きな人を抱きたいと思う」

「それは……」

どういう意味なのか聞きたいのだろう。ハルがお利口な頭の中を整理して、きちんとした日本語を考えている間に善光が言った。

「多分、ハルを抱いてなければ、今でも女の子なら誰でもいいくらいに思っていたかもしれない。でも、ハルのことを抱いてから、俺にとってそういうことをするのは女の子なら誰でもいいわけじゃなくなったんだ。俺ははっきりとわかった。ハルがいい。ハルが好きだ。だから、他の子とはつき合えないと思ったし、合コンで知り合った彼女にももう会わないってメールを送った」

ちょっとはしょった感じになったが、ハルが帰国してから自分の身に起きたこと、そして自分が考えたことを言葉にしたつもりだ。

「善光く……ん」

ハルは善光の言った言葉を懸命に理解しようとして、何度も瞬《まばた》きをしている。

「きっとハルもそうだと思う。俺が男だったからあの夜、キスしたり抱き合ったりしたわけじゃないよな？　俺のことを好きだって言ってくれたよな？　俺たちはお互い、男同士でも好きだってことだよな？」

そこまで言ってから、善光はゆっくりと視線を落とす。あのときはそうだったと思う。ハルは善光が好きだと言ってくれた。けれど、帰国するまでの善光の態度を見て、こんな男気のない情けない奴のことなど見限ってしまったかもしれない。そう思うと、急にハルの顔を見ているのが怖くなったのだ。

でも、謝らなければならない。たとえ許してもらえなくても伝えなければならないことがある。

「それなのに、俺は男らしくない真似をした。ハルが勇気を出して自分のことを話してくれたのに、俺はそれを聞いて怖気づいた。あのときちゃんと現実と向き合わずに逃げ出してしまい、ハルに辛い思いをさせたままアメリカに帰らせてしまったことを謝りたいんだ。本当にごめん。このとおりだ」

そう言うと善光は胡坐をかいた両膝に手を置いて、深く頭を下げた。しばらくそのままでいたが、やがてゆっくりと顔を上げる。不安はあったが覚悟を決めてハルの顔を見れば、言葉もなくただ目を少し潤ませてじっとこちらを見ていた。だから、今度こそ善光もハルの顔を見て言った。

「俺はハルが男でも好きだ。住んでいるのもアメリカと日本だし、二人がこれからどうしたらいいのかも思いつかないような馬鹿だけど、それでもハルが好きな気持ちだけは本当だ。俺はそれを伝えたくて、アメリカにきたんだ」

ハルは目の前の善光を見ながら、ポロポロと涙をこぼしていた。その涙を指先ですくってやると、睫がはかなげに震える。黒い瞳と黒い髪がこんなにも愛らしい。その白い頬に手のひらをあてて、祈るような気持ちで訊いた。

「俺を許してくれるか？　馬鹿なのは仕方ないけど、だからってハルを傷つけるつもりじゃなかったんだ」

今はどんな答えでもいいからハルの気持ちを知りたい。だが、ハルは首を小さく横に振ったかと思うと泣きながらも口元に笑みを浮かべて言う。

「わかっています。僕は善光くんの優しさをよく知っています。弱いものとか困っている人とか、絶対に捨てておけない人です。そういう人だから、僕は好きになりました」

「でも、こんな男で呆れただろう。小心者の情けない奴だって思っただろう？　正直に言ってくれていいんだ。どんな答えもちゃんと聞いて日本に帰るつもりだ。そうでなけりゃ、ここまできた意味がない」

するとと、頬に触れている善光の手に自分の手のひらを重ねてハルが言う。

「呆れたりもしないし、嫌いになれるはずがないです。僕にとって善光くんはとても大切な人です。初めてキスをしたいと思った人だし、初めてそれ以上のことをしたいと思った人だから」

その言葉を聞いたとき、善光の中で封印されていた何かが開くべくして開いた気がした。そして、自分がこだわっていたことがどれほどくだらないものかあらためて思い知らされた。

「僕は善光くんが好きです。日本を離れてからも、一日だって忘れたことはない。ずっとずっと心の中にいるのは善光くんだけでした」

こんなに嬉しい言葉を聞いたのは、きっと生まれて初めてだ。そして、このときの胸がくすぐったくてせつなくなるような気持ちは一生忘れないだろう。

「よかった。俺、会いにきてよかった。ハルに会いたくてどうしようもなくて苦しかったから、本当にきてよかった……」

善光まで泣きたい気持ちになっていた。二人はその場でずっと互いを見つめ合っていた。裏庭からは、まだハルの弟たちがバスケットをしているはしゃいだ声がする。

夏のサンフランシスコも日が長いようだ。ハルの部屋には夕暮れどきにもかかわらず充分な日差しが入ってくる。

この穏やかな時間に包まれて、善光はハルの小さな体を久しぶりに抱き締めた。温かくて柔らかい。まるで子猫を抱き上げたときのように愛しくてたまらない気持ちになる。

「ハル、好きだ。大好きだ」

「僕も、好きです。善光くんが好き……」

やっと心が通じた。本当はこうして気持ちを伝え合ってから体を重ねればよかったのに、体が先走ってしまうのは、ハルも善光も同じだったということだ。男というのは、もはやIQの問題ではなくみんな馬鹿なのだとしみじみ思った。

抱き合っているうちに唇が重なった。どちらも相変わらず慣れていないキスだ。不器用な者同士が、それでも懸命に唇を合わせているうちに自然と舌を絡ませていた。

その感触が下半身を直撃するほど気持ちがいい。人間の体というのは、本能で気持ちのいいことを知っているらしい。やがてハルの腰に手が伸びていき、自分の体に密着させれば自分と同じでいてまったく違う股間の感触が太腿《ふともも》にあたる。

「あ……んっ」

ハルが甘い声を漏らしたので、あのときと同じ思いが込み上げてくる。

「ハル……っ」

たまらない気持ちが止められなくなる。もうベッドもそこにあることだし、このまま押し倒してしまおうか。そんな不埒なことが頭を過《よ》ぎり、抱き締めた彼の耳元で囁こうとしたときだった。ドアをノックする音がして、いきなり二人の弟が部屋に入ってきた。

慌てた善光とハルは体を引き離したものの、ものすごく不自然な状態で互いが明後日の方向を見る。駆け込んできたライアンとショーンは何か早口の英語で話したかと思うと、ハルにまとわりついている。

ハルは二人の頭を撫でて何かを言い諭すと部屋から外へと送り出した。そして、ドアを後ろ手に閉めると、苦笑とともに言う。

「騒がしくてごめんなさい。いつも二人はあんな感じなんです。もうすぐお義父さんが帰ってくるから、夕食にするって言いにきただけです。それと、ライアンが夕食のあとにサマーコースの数学の宿題を教えてほしいって」

夏休みなのに上の弟はサマーコースを取っているという。こちらでは夏の間に単位を先に取っておくこともできるらしい。そうすれば、シーズン中はラグビーに専念できるからという理由だそうだ。

日本と違って、学校の制度もずいぶんと自由がきくようで羨ましい。もっとも、善光のよ

うな性格では、夏休みにわざわざ学校に行こうなどとは思わないだろうから、単位の先取りシステムがあっても無駄な話だろう。

それはともかく、もうすぐ警察官の父親が戻ってくるという。写真で見るかぎり優しそうな人だった。ハルの母親のためだけでなく、ハルのためにもスツールを作ってくれるような人だ。それでも、ハルはそんな優しい人にも自分の秘密を打ち明けることをためらっていた。

宗教的な問題については善光には何も口出しをすることはできない。その人が信じているのなら、それは他人がとやかく言える問題ではない。けれど、家族として暮らしていたら、どうやって折り合いをつけるのかとても難しいと思う。

「あのさ、ハルはもう家族に打ち明けたのか？」

これも直接本人に会ったら聞こうと思っていたことの一つだ。ハルは善光の問いかけに小さく頷いた。

「お義父さんは気づいていたみたいです。お母さんに聞いていたんだと思います。僕が女の子に全然興味を示さないことを十年生の頃から相談していたみたいなので……」

十年生といえば、十六歳の頃だろう。だが、ハルは飛び級で進級しているので、十四歳くらいだ。

「その頃の男の子といえば、好きな歌手や女優のポスターを部屋に貼ったりするんですけど、僕はそういうこともなかったので変だと思ったみたいです。あの頃は勉強に夢中だっただけなんですけど、結果的には母親のカンは当たっていたということですね」

だから、義父にそのことを言ったときも、彼に大きなショックはなかったらしい。

「もちろん、残念には思ったでしょうけど、家族としての絆をそれで失いたくはないと言ってくれました。お義父さんは僕がゲイだと知っても抱き締めてくれて、自分の息子であることを誇りに思っていると言ってくれたんです。とても嬉しかったです」

ハルのその言葉を聞いて、善光もまるで自分のことのように嬉しかった。ハルの母親はいい人と再婚したのだと思ったし、そういうアメリカ人もいるのだとあらためて認識した。

「じゃ、弟たちは？」

さっきもくったくなくハルに懐いている様子を見れば、彼らもまたハルの秘密を受け入れたということだろうか。

「弟たちはまだ複雑だと思います。でも、日常生活で距離を置くようなことはないし、見てのとおりですから心配しないでください」

そんなハルの口調から察するに、きっと弟たちとはまだ乗り越えなければならない問題もあるのだろう。弟たちはまさに思春期の真っ只中で、そんな彼らの気持ちを大切に思うのは当然のことだ。

「でも、僕は僕だから。どうすることもできないんです。きっと彼らに嫌われることになっても、僕は彼らを弟として大切に思い続けるだけです」

それがハルの決心なのだとわかった。強くて揺るぎない決心だと思った。そして、そんな彼を好きになった自分もきちんと筋を通さなければならないだろう。

善光がそう決意したとき、階下からハルの母親の声がした。

「もうすぐ夕飯よ。下りてきてね」

日本語でそう言ってから、おそらく同じ言葉を英語で言ったのだろう。ハルの部屋の隣からライアンとショーンが階段を駆け下りていく音がして、善光もハルに促されて階下に向かう。

玄関先にはちょうど帰宅したばかりの父親がいた。

（うわっ、いきなりかよっ）

と内心思ったが、善光が怯む間もなくハルの義父のほうから駆け寄ってきて、思いっきり抱き締められて背中を五回くらい叩かれた。またもや早口の英語に圧倒されたが、ハルが横で通訳してくれる。

「会えて嬉しいですって。日本では息子がお世話になりましたって言っています。それから、どうぞ自分の家だと思ってゆっくりしていってくださいって」

善光はハルの通訳を聞いて何度も「サンキュー」と繰り返し、写真で見たとおりたくましいハルの義父とがっちり握手をした。

それからハルと善光は食卓のセッティングの手伝いをして、ライアンとショーンの遊び相手をしているうちに父親が警官の制服から私服に着替えてダイニングにやってきた。

ハルの母が作ったローストチキンをオーブンから出して皿に盛り、それを自らダイニングテーブルに運んでくる。弟たちもサラダや付け合わせの野菜の器を運んできて、食卓がすっかり整ったところで全員が席に着いた。

ハルの義父がさっそくローストチキンを切り分けてくれる。英語での会話が飛び交っているが、必要なことはハルかハルの母親が通訳してくれるのでだいたいの内容はわかった。

ハルの母親が照れているのは、夫が妻の料理上手なことを過剰に自慢しているかららしい。日本では謙遜が当たり前だが、こちらでは得意なことは得意と胸を張って言うようだ。そして、事実ハルの母親の料理はとびきり美味しかった。

日本人の繊細な味覚とアメリカの大胆さがうまく融合している感じで、善光には味も量も大満足だった。そして、デザートはハルの母親の手作りのフルーツケーキにアイスクリームを添えたもの。これもまた、日本では味わえない甘さとボリュームで善光の舌を存分に楽しませてくれた。

デザートを食べている間に、ハルの義父がせっせとお茶の用意をしている。美味しい食事を作ってくれた妻に感謝して、食後のお茶は必ず義父が淹《い》れるのだとハルが教えてくれた。日本では考えられない光景だ。善光の父親など、自分が食べた食器さえ流しに運んだことがない。

ライアンとショーンはすでにテーブルを離れて、リビングでテレビを見ている。ダイニングテーブルは大人だけのスペースになって、お茶を飲みながら歓談した。

そのとき、ハルが九月からまた大学に通うことを聞かされた。これ以上何を学ぶことがあるんだろうと思ったが、今度は外国人に英語を教えるための資格を取るコースに入るそうだ。

「ＴＥＳＯＬ（Teaching English to Speakers of Other Languages）というのがあって、その資格があれば日本で英語の教師の職を得ることもできますから」

「じゃ、また日本にくるのか？」

「できればそうしたいと思っています。九月から半年ほどでその資格を取ってから、春には日本に戻りたいと考えているんです」

日本のいくつかの大学からすでに英語の講師として、また日本の古典文学の研究者として招きたいというオファーがきているらしい。それは善光にとっても思いがけない朗報だった。

それにしても、同じ歳で善光がまだ大学の試験やレポートにヒィヒィ言いながら、なんとか四年で卒業するべく苦闘しているというのになんという違いだろう。

「おまえって、本当に頭がいいんだなぁ」

いまさらのことをしみじみと呟くと、ハルは恥ずかしそうに笑う。

「だって、それだけが取り柄というか、神様からのプレゼントだと思っていますから。おかげで日本に行けましたし、善光くんにも会えました」

いや、他にも取り柄は山のようにあると思う。可愛い容姿も素直な性格も、誰からも愛されるその存在そのものが神様からのプレゼントだろう。

そして、ハル自身が善光にとって神様からのプレゼントだと思う。ただ、あれほど待ち望んでいた人生の春が、本当に「ハル」という名前でやってくるとは思っていなかった。

でも、今は心から思う。自分が特別な女の子と出会うこともなく十九年過ごしてきたのは、ハルを待っていたからだと……。

◆◆

アメリカでの滞在は五日間。

ハルの家族は夏休み中いればいいのにと言ってくれたけれど、そうもいかない。帰りの航空券は変更不可の格安チケットだから、どうしてもその飛行機に乗らざるを得ないのだ。それに、姉に借金を返すために、とっとと日本に戻ってバイトに励まなければならない。

「またいらっしゃいね。冬のクリスマスシーズンもステキなのよ」

「夏ならトレイラーを借りて、ヨセミテまでドライブ旅行も楽しいぞ」

ハルの母親と父親がそう言って、善光を玄関先で見送ってくれる。

「またバスケットしよう。今度は負けないからね」

そう言って拳を突き出してきたのは、ジュニアスクールでバスケット部に入っているという下の弟のショーンだ。彼とは裏庭のバスケットコートで何度か対決した。現役を引退したとはいえ、中学高校とレギュラーだった善光のバスケットの腕はまだ落ちていなかった。もっとも、まだ身長差がかなりあるので、それで勝てたようなものだから、今度アメリカにくる頃には成長したこの小僧に負けそうだ。

そして、上の弟のライアンは少しだけ複雑な顔で善光と握手をする。その彼が他の誰にも聞こえないように小声で善光に呟いた。

「クリスを大事にしろよ」

ぎょっとしたのは、それが日本語だったから。確か、弟たちはハルから日本語を教えてもらっていると言っていた。ただし、二人ともすぐに悪ふざけが始まるのでちゃんと覚えないとも言っていた。だが、ライアンは簡単な日本語は理解して話せるらしい。

ライアンがどういう意味でその言葉を善光に言ったのか、ちょっと考えていると彼はそのあと英語で続けた。

「Don't make him cry. OK? Otherwise……（泣かせるなよ、いいな。でなけりゃ……）」

そこまで言ってグッと拳を握ってみせる。こちらはショーンと違って脅しの拳だ。ハルを泣かせる奴は俺がこらしめてやるという意味だろう。

いくら馬鹿でも五日間英語ばかり聞いていれば、善光だって少しくらい理解できるようになっていた。そして、ライアンがハルのことをとても慕っていて、大切に思っていることもよくわかった。

ハルはやっぱりこの家族の一員でいて、本当に幸せ者だと思った。

彼らと別れを告げてその日の夜は空港近くのホテルに移動した。早朝の便なのでそのほうが楽だろうと考えたからだ。

それに、家族が気を利かせてくれたこともあるだろう。アメリカではすでに運転免許を持っているハルが車でホテルまで送ってきてくれて、そのまま二人で一緒に一泊することになったのだ。

ハルが運転している姿はまるで子どもがハンドルを握っているようで奇妙な気もしたが、車社会のアメリカでは免許取得が可能な年齢になれば誰もが当たり前のように試験を受けて免許を持つ。高校へ車でくる連中もいるというから、原付バイクで通学して高校時代三回停学を喰らったなんて話とは大違いだ。

途中で食事もすませてホテルの部屋に入ったのが八時前。ハルの家にいるときは必ず誰かが周囲にいたし、夜に同じ部屋で眠っていても家族がすぐ隣の部屋にいると思うと、なかなかそういう雰囲気にはなれなかった。

でも、ようやく二人きりだ。なんだか気恥ずかしいような気分になるが、同時に明日の朝にはまた離れ離れになるのかと思うともう胸がせつない。

「次に会えるのは、来年の春かな」

ハルの母親はクリスマスシーズンもステキだからぜひきてと言ってくれたが、善光の懐具合からして厳しいだろう。とにかく、日本に戻ったらしっかりバイトをして金を貯めようと思う。

「春にはきっと日本に行きます」

「待ってる。で、そのときは……」

善光の実家ではなく、二人きりで一緒に暮らしたいという言葉はこのとき呑み込んだ。言葉で約束するよりも先に、それを実現できる自分になろうと思う。

そして、どんな気持ちも偽らず、好きな人には正直な自分でいたい。見栄を張るのも強がって見せるのも、弱い人間のすることだ。本当に強い男は、弱音を正直に吐いてもそれにけっして負けない男のことだと思う。ハルがそのことを善光に教えてくれた。

ハルは善光に守られていると言うが、善光はハルの存在によっていろいろな部分で成長させられた。これからもそうやって二人で互いを見つめ、支え合っていけたらいい。

「ハル、俺は自分で思っていたよりずっと女々しい男みたいだ。明日からハルに会えないと思うと、それだけ胸が痛くて泣きそうなんだ」

「僕も善光くんに会えないのは辛いです」

それでも、今はメールもあるし、ネットで映像を見ながら話すこともできる。ただ触れられないのが辛いだけ。だから、今夜はハルの温もりをしっかりとこの手に覚えておきたかった。

すっぽりと自分の腕におさまる小さな体を抱き締めると、ハルの小さな吐息が聞こえた。そして、小さな頭を持ち上げて、善光のことを見上げる。愛らしい黒い瞳が閉じられたので、その瞼《まぶた》に唇を寄せた。

もちろん、瞼だけではすぐに物足りなくなる。赤い唇に自分の唇をそっと重ねると、ハルがちょっと背伸びしてそれに応えてくれるのがわかった。この柔らかい感触には、何度触れても心が震える。

「ハル……っ」

唇が離れると同時に善光は彼の腰に手を回して高く抱き上げ、そのままベッドまで運んでいく。ハルは小さく悲鳴を上げたが、しっかり首筋に抱きついてきた。

二人して広いベッドに倒れ込むと、鼻先が触れ合うほどに顔を近づけて微笑み合う。ハルに出会って、人はこんなにも優しい気持ちになれるのだと知った。ハルの存在が善光をこれまで以上に優しく、そして強い人間にしてくれる。彼に相応《ふさわ》しい男になろうと思うと、いろいろと頑張れる気がするのだ。

きっと善光をこんな気持ちにしてくれるのは、世界中でハルしかいないと思う。だから、こんなにも好きになったのだ。そして、華奢で白い肌がこんなにも愛おしい。

「服、脱ごうか」

善光が誘うと、ハルが恥ずかしそうに頷いた。お互い慣れていないことは承知のうえだ。だから、一緒に経験して、一緒に覚えていけばいい。愛し合って気持ちのいいことをするのだから、不安になったり怖がることなど何もないのだ。

Tシャツを脱いでジーンズに手をかけたとき、ボタンダウンのシャツを着ていたハルはまだボタンを一つ一つ外しているところだった。それを見て、善光が手を伸ばしてそれを手伝う。

「なんか俺が脱がしてやりたくなった。ハル、じっとしてな」

「えっ、で、でも……」

照れながらも自分の手を下ろし、善光のするがままになってくれる。前を開いて袖を抜き、中にきていた白いTシャツを万歳の格好で脱がしてやる。すると、Tシャツよりもほんのりピンクがかった白い肌が現れて、二つの乳首がもっと濃いピンク色で可愛い飾りのように見えた。指先でつまんでみたら、ハルが短い悲鳴を上げてからすぐに唇を噛み締めている。

道行く女の子の胸の膨らみを、洋次と二人で涎《よだれ》を垂らしそうな顔で眺めていたことが今になったら不思議なくらいだ。ハルの真っ平らな胸がこんなにも善光の興奮を誘う。あとでここもたっぷり嘗めてみようと思ったけれど、今は先に裸にしてしまいたくてハルの体をもう一度ベッドに横たえジーンズに手をかける。

「あっ、僕が先……？」

善光がまだジーンズを脱いでいないから、ちょっと恥ずかしがっている。でも、どうしてもハルの白いお尻やあそこが見てみたくて気持ちが焦っていた。

「俺もすぐに脱ぐから」

そう言ってやると、ハルは頬を赤くしたまま頷いて腰を少し浮かせる。前を開いたジーンズを引き下ろしたら、一緒にピンクと白色のストライプのトランクスがずり落ちて、図らずもそこが見えた。

股間の毛が薄いから、ピンク色の勃起したものがよく見える。ハルが恥ずかしがって身を捩るので、揺らめく腰がかえっていやらしげだ。本人はそれに気づいていないから、よけいに可愛らしく感じられる。

「あんまり見ないでください」

消え入りそうな声で言われるともっと見たくなる。そっとそこに手を伸ばして、やんわりと握ってやるとハルは小さく喘ぎ声を漏らす。触るだけじゃ足りない。もっとハルを知りたい。そう思ったら、自然と口が彼の股間に落ちていった。

「あっ、そ、それは……っ」

ハルが驚いて身を引こうとする。横たわったまま上にずり上がって逃げようとするが、その腰をしっかりとつかまえた。

「じっとしてて。痛くしない。怖いこともしない。約束するから」

ただ、ハル自身をこの口と舌で味わってみたいだけ。同性のものを口にするなんて初めての経験だ。されるハルのほうも初めてだと思う。お互いちょっと緊張しながらも、善光がそこを口に含んでみたら、ハルが体を仰《の》け反らせるのがわかった。

それでも善光が言ったとおりじっとしていようと頑張っているのか、両手が懸命にシーツを握り締めている。可哀想な気もしたが、可愛いほうが勝った。それに、善光の興奮のほうがさらに勝っていた。ハルの股間に触れているだけなのに、善光自身のほうがすでに充分すぎるほど硬くなっている。

「なぁ、ハル、出そうか？」

ハルの顔を見て訊いてやると、何度もこくこくと頭を上下させる。さっきから善光の口の中にハルの先走りがヌルヌルと溢《あふ》れている。それを嘗めているのが全然いやじゃなくて、それどころかこのままハルが果ててしまえばいいのにと本気で思っていた。

ハルはいやがるだろうか。だが、ここでハルも同じ男だということをいまさらのように思い出す。だったら、自分がされたら気持ちのいいことは、きっとハルも気持ちがいいに違いない。

「ハル、このまま出してみろよ」

「えっ、そんな……。それはちょっと困りますぅ……」

「なんで？」

「だって、汚くないですか？　それに恥ずかしいです」

本当に真っ赤になって両手で顔を覆いながら言う。こういうときのハルの日本語は少しだけイントネーションが奇妙になったりする。外国語を勉強するときは、普通いろいろな状況を想定した会話の練習をするものだ。ただし、教科書の勉強ではこんな状況を考えて練習をすることはない。

それにハルの場合、恥ずかしいときの表現さえ生真面目な正しい日本語を使うから、ちぐはぐな感じがしてそれが独特の愛らしさをかもし出すのだ。

「汚い気がしない。ハルのなら飲めそうな気がする」

「い、いやです。それはしないでくださいっ」

やっぱり恥ずかしいと言い張るので、それ以上は無理強いをするのはやめておく。

（あとでもう少し無理を頼まなけりゃならないからな……）

というわけで、もう少し口でやってから手で擦ってやり、先にいくように促した。ハルはどうして自分だけなのかと困った様子で訊くので、善光もすぐにいくからと言うと何度も「本当に？」とたずねる。

「大丈夫だから。俺もいくよ。でも、先にハルのいくときの顔が見たいんだ。すごく可愛くて、すごく興奮するからさ」

ラブホテルでも、ハルは身を捩りながら可愛い表情で恥らいながら果てた。あのときの顔は善光の脳裏に焼きついていて、正直何度も一人寝の夜のお供にさせてもらった。今夜もまたハルの新しい表情を見て、それをしっかり覚えて日本に帰りたい。

「あ……っ、ああんっ、んんぁ……っ」

善光の手の中でハル自身がビクビクと跳ねる。先端に透明な液が溢れてきたかと思うと、ハルは善光に抱きつくようにしてキスを求める。その唇を啄ばみながらちょっと指先に力を込めてみたら、その瞬間あっけないほど簡単にハルが弾けた。

今夜はまるで注射を辛抱するときの子どものように、きつく閉じた目尻を赤くして唇をパクつかせていた。

「んんーっ。あ……っ」

そして、善光の手の中に白濁が吐き出される。その温かさが生々しくて、また善光の中で新たな興奮を生む。だが、ハルは一人で先に果ててしまった羞恥に耐え切れなくなったように、ベッドの上でクルリと寝返りを打って背中を向けてしまった。

「ずるいです。僕だけ先にいかせて、善光くんはまだジーンズも脱いでないのに……」

そういえば、ハルを愛撫するのに夢中になってしまい、自分の洋服を脱ぐのも途中で忘れていた。道理で股間が痛いはずだ。ジーンズがきつすぎるというか、自分自身がもうこれ以上ないほど硬く勃起していた。

善光は大急ぎでジーンズの前を開いて、その裾を両足で蹴るようにして脱ぎ捨てる。それから、おもむろに背中を向けているハルの体を眺める。

さっきまでの毛の薄い股間も可愛かったが、今後は白い双丘が目に入ってそれもまたすごくいい。真っ白で柔らかそうで触るとぷるっと小さく震える。そこをそっと分け開いてやると、硬い小さな窄まりが見えた。ハルはハッとしたように顔だけで振り返ったので、善光がその背中にキスをして訊いた。

「今夜は、いいかな？　入れたいんだ。俺、ハルの中でいってみたい……」

ラブホテルでやったときはお互い初めてのことで、勢いばかりはあっても知識も覚悟もいまいち不安だった。けれど、今はあのときとは違う。

本気ではっきりとハルがほしいのだ。この体も心も全部自分のものだと確かめないと日本に帰ることができない。というわけで、今夜は拝み倒してでもそうしたいと思っていたら、ハルの返事は思いがけないものだった。

「は、はい、いいです。僕もそうしたかった。この間はちゃんとできなかったこと、あれから後悔しました。善光くんとは最初で最後だったかもしれないと思って……」

「えっ、そ、そうなのか？」

こんなに嬉しい言葉はなかった。善光は思わずハルの体を抱き上げて夢中でキスを繰り返す。それから、胡坐をかいた自分の上に跨らせて膝立ちのままでいるように言った。

「ゆっくりするから。痛かったら言ってくれよ」

割り開いたそこに隠れている窄まりにそっと指先を伸ばす。触れた途端にピクリと動き、また固く閉じていこうとする。

何か滑りやすくするものが必要だろうと思って、ちゃんとバスルームからボディクリームを持ってきておいた。日本から一緒に太平洋を越えてきたコンドームだって枕の下に準備済みだ。

さっそくクリームを手に取って、そこにゆっくりと指先を埋め込んでみた。

「くぅ〜っ、ううぁ……っ」

ハルが小さな呻き声を上げる。やっぱり、痛いんだろうか。そう思って指を引き抜こうとしたら、ハルがか細い声だけれど、はっきりと言った。

「だ、大丈夫だから、そのまま続けてください……」

そして、両手を善光の肩に置いて、膝立ちの状態で一生懸命踏ん張っている。頰を紅潮させて唇を嚙み締め、それでもハルもまた興奮しているのがわかる。すぐ下に視線をやれば、さっき果てたばかりのハル自身がまた少しずつ上を向きはじめていたからだ。

「もうちょっと慣らすからな」

そう言うと一度ギリギリまで引き抜いた指にボディクリームを足して、もう一度ハルの体の中に埋めていく。さっきよりも滑りがよくなって、ハルの表情も少し和らぐ。けれど、善光のほうがもう限界に近い。

可愛くて艶かしいハルの身悶《みもだ》える姿をずっと見ていて、これ以上の辛抱はとうていできそうになかった。

「ごめん。ハル、もういいかな？　俺、ちょっと限界かも……」

きつく目を閉じていたハルがこちらを向いて、わずかに頬を緩めて頷く。辛いだろうけれど、同時に感じているのもわかる。ただ、これで善光自身が入ったら、痛みのほうが勝ってしまいハル自身が萎えてしまわないだろうか。

だからといって、もう自分を押しとどめることはできない。洋次からもらったコンドームの袋を破り、いきり勃った自分自身に被せると、ハルの腰をその真上に持ってくる。

「ゆっくりするからな。息吐いていてくれよ」

うまく挿入できるか祈るような気持ちで、ハルの腰をそこへ導くように下ろしていく。先端がそこにあたり、ビクリと互いの体が震えた。だが、ボディクリームの滑りとコンドームについていたジェリーの力を借りてじわじわと白い腰が沈んでいくのがわかる。

「ああ……っ。んんっ、あっ、あっ、あ……っ」

「んんーっ、くぅ……っ」

ハルの短い声が何度も上がる。善光もまた低く呻くような声を漏らしていた。そして、少し埋めては止め、呼吸を整えてはまた腰を落とすように促し、ずいぶん時間をかけてそれを繰り返した。

やがて大きな二人の吐息とともに、ハルの尻がぴったりと胡坐をかいた善光の太腿にあたった。全部入ったのだとわかり、なんだか二人とも妙に感激してしまった。

「よ、よかった、入りました……」

「うん、入ったな」

でも、これで終わりじゃない。そして、限界をすでに超えてこらえている善光自身は早く動きたくて仕方がない。

「ごめん、ちょっと辛抱してくれ。このまま体を倒すぞ」

そう言ってから、ハルの体を抱いたまま彼をベッドに押し倒した。ハルに体重をかけないように気をつけながら、善光はゆっくりと自分自身を動かしはじめた。

潤滑剤として使ったクリームが小さな音を立てて、それが一気に淫《みだ》らな興奮を煽った。もうどうしようもないくらい体が熱い。ハルの中にいるのだと思うと、嬉しすぎて頭の中が真っ白になるほどだ。

「あっ、あっ、い、いいっ、すごく、いい……っ」

夢中でそう呟いたあと、善光はハルの細い腰をつかんだまま最後に強く深く自分自身を打

ち込んだ。

「あっ、いくっ、ハル……っ。俺、いく……っ」

言葉どおり一番深いところで思いっきりいった。こんな快感があったのかと思うほどに気持ちがよかった。しばらくそんな快感に酔いしれていたが、ハッと我に返ってハルのことを見るとまるで死にかけのハムスターのようにぐったりとなっていた。善光がその頬を手のひらで軽く撫でて揺すってやると、うっすらと目を開けて口元をわずかに緩める。

「ハル、大丈夫か？」

「へ、平気です……」

息も絶え絶えに答えるから、よけいに心配になる。

「痛くなかったか？　辛くなかったか？」

すると、ハルはいまさらのように真っ赤になって首を横に振る。

「すごく、すごく気持ちよかったです……」

消え入るような声で言ったその言葉が嘘でない証拠に、ハルがまた吐き出したものが善光の下腹を濡らしていた。

本当に好きな相手とするセックスは、こんなにも気持ちがいい。それは、感動してしまうほどの発見だった。それを知った今夜は、間違いなく人生で最高の夜だ。

このままハルと二人きりの夜がずっと終わらなければいいのに。それが無理なら、せめてこの夜がいつもの夜よりも少しだけ長ければいいと願う。

そのあとも何度も何度もキスをして、何度も何度も抱き合って、肌と肌が触れ合うほどに愛しいという気持ちが止められなかった。

明日の朝は泣かずに旅立てるだろうか。実はハルより女々しいところのある自分だから自信がない。でも、今はまだハルの温もりをこの手と体に感じている。幸せと人生の春が確かにこの胸の中に息づいていた。


サンフランシスコの出発ゲートを潜《くぐ》った瞬間、みっともないくらい滝のように涙を流してしまった。でも、泣き顔をハルには見られなかったからそれでいい。

目を腫《は》らして帰国した善光だが、翌日からは涙ではなく滝のような汗を流しながらバイトに精を出す日々だった。姉への借金を返したら、あとは貯金だ。バイクはほしいが、それは二番目の夢になった。

来年の春にハルが日本にきたら、一緒に暮らせるようにすること。どこかに部屋を借りて、二人の生活を始める。それが、今の善光の一番の夢だ。

「ああーっ、暑いっ。クソ暑いっ。マジで暑いっ。おい、どうにかしろっ。地球丸ごと冷蔵庫に入れろっ。それが無理なら地球なんか縦半分に割れろっ」

炎天下の繁華街の駅前でティッシュ配りを一緒にしている洋次がいきなり怒鳴る。暑さでかなり脳が危ないことになっているらしい。

「黙れよ。地球は割れないから、おまえ自身が縦に割れてしまえっ」

「俺はいやだねっ。じゃ、善光、おまえが割れろっ」

「死んでもいやだ。俺は縦にも横にも割れないし、今となってはこの酷暑日にも負けない鋼《はがね》の決意を持つ男なんだよ。もはやおまえとは違うんだ。悪いが、『魂の双子』は解消させてもらう」

「何を言ってやがる。ついこの間まで地の底を這いずってんのかってくらい暗かったくせに、ちょっとアメリカまでハルくんに会いにいったからって浮かれやがって。どうせ向こうでも『ハロー』くらいしか話せなかったんだろうがっ」

当たっているがそれだけでもない。ハルに再会した瞬間の言葉は「ハロー」だったが、善光はそのハルと将来を約束した仲だ。でも、そのことはまだ洋次にも教えていない。照れ臭いのもあるし、とにかく善光は言葉よりも実行を重んじる男になったのだ。もはや、以前の女の子の尻を追いかけているだけの、チャラけた男ではないということだ。

そして、来年の春にハルが日本にきたら、晴れて二人の関係を世間に知らしめてやる。

（そこがおまえとは決定的に違うところだ。悪いな、洋次。男として成長著しい俺はおまえ

の半歩、いや、一歩先を歩いているのだよ）

内心そんなことを思いつつ、今日のノルマをこなすべく道行くすべての人の前に立ちはだかり、胸元にティッシュを差し出していたときだった。

「洋次くーん、お疲れさま」

どこからともなくそんな声がして、善光が振り返った。すると、洋次に冷たい飲み物を差し入れている可愛らしい子が立っていた。

「きてくれたんだぁ。悪いなぁ。バイトが終わったら電話しようと思っていたのにぃ」

洋次が洋次とも思えない甘ったるい口調で話している相手をしみじみと眺める。どこかで見た記憶がある。というか、可愛いけれどあれはもしかして……。

善光が己の記憶をこの春まで巻き戻したとき、思わず「ああーっ」と声が上がった。あれはまだ春先のことだった。洋次と二人キャンパスのベンチに座り、目の前を通る女の子を物色していたときに見つけた子に違いない。

だが、ちょっと待てと考えた。何かが引っかかる。何か大きな問題があったはず。

「でさ、今夜はケイタくんの部屋に行きたいなぁとか思ってたりしてぇ」

「ええーっ、僕の部屋ですか？　いいですけど、狭いですよ」

「いいよ、いいよ。狭いほうがくっついていられるし……」

このクソ暑さに「地球なんか割れろっ」と叫んでいた奴が、何か暑苦しいイチャついたことを話している。が、それよりも気になったのは、耳に入った「僕」という言葉。そう、間違いない。あれは、可愛いからとすっ飛んでいって声をかけたら、男だったというあのときの彼ではないだろうか。

その「彼」が洋次と話を終えて、手を振りながら駅のほうへと去っていく。

「あの、もしもし、洋次くん。今のはどういうこと？」

善光がたずねると、洋次は「テヘッ」とばかりに肩を竦めてみせるが全然可愛くない。それより事情を話せと胸倉をつかんでやると、柄にもなくもじもじと体を振り照れながら言う。

「彼ね、ケイタくんっていうの。偶然にも俺たちと同じイベント会社にバイト登録しててさ。まぁ、いろいろあって、実は今つき合ってんのよ、あの子と」

「って、男じゃないかっ」

自分のことは思いっきり棚に上げて叫べば、にやけた洋次が開き直って言う。

「そうなんだよ。男なんだけど、可愛いからもういいかって思ってさぁ。というわけで、俺のほうからおまえとは袂《たもと》を分かってしまったんだけどしょうがないよな。だって、ケイタくん、可愛いんだからさぁ～」

キャンパスでは「男です」と言われたきりだったはずなのに、いつどこでそうなったと不思議だった。だが、その後善光がハルのことで悩んでいる頃、どこかのバイト先で偶然彼と一緒になったらしい。

そういえば、いつぞや洋次から奇妙なメールが入っていた。

『今日のバイトの現場で、ちょっと可愛い子に会った。俺、ラッキーなのか……？』

あれがケイタくんとやらに会ったときのメールだとしたら、洋次の戸惑いもなんとなくわかる。可愛い子に会ったけど、それが男だとしても自分はラッキーなんだろうかと問いたかったのだろう。馬鹿だから、言葉が少なくて真意が伝わってこなかっただけだ。

それにしても、なぜ洋次まで男に転んでいるんだ。おまえはどこまで俺の「魂の双子」なんだと頭を抱えたくなった。

でも、すぐにそれでもいいかと思う。きっと周囲の誰が驚愕《きょうがく》しても反対しても、洋次だけは善光とハルのことを応援してくれるだろう。これぞまさしく「心の友」だと思う奴がいるのは幸せなことだ。

そして、今は自分のできることをしながら、善光の心を甘酸っぱい思いで満たしてくれるハルを待つだけだ。来年の春になればハルはくる。

（ああ、早くこいっ。ハル、待ってるからな……）

待ち遠しい春はまだ少し先だけれど、サンフランシスコに繋がっている空は今日も突き抜けるように青かった。

# ハル色の幸せ

ハルにとって善光《よしみつ》は、自分がなりたいと思っていた理想の男だ。

（はぁ～、カッコイイんだよね……）

携帯電話の待ち受けに設定した恋人の写真を見て、ハルはうっとりと心の中で呟《つぶや》く。けれど、もう写真を見てせつない溜息《ためいき》を漏《も》らすのもあとわずか。一時間もすれば飛行機は成田国際空港に到着して、善光が迎えにきてくれているはず。会えば抱きつきたいけれど日本人はそういう挨拶をしないと知っているから、我慢だと自分に言い聞かせた。

約一年ぶりの来日。今回は三ヶ月の学生生活ではなくて、二年の予定で古典文学の研究を続けながら、某大学で英語の講師をして生活することになっている。当面は、以前にもホームステイさせてもらった善光の実家でお世話になる。善光の両親はハルのことを可愛がってくれていて、二年でも三年でも好きなだけいればいいと言ってくれていた。大変有難い話だが、今回はあまり長居をするつもりはない。というのも、ハルには計画があるから。一人だけで考えたことではなく、善光が提案してくれたことだ。

『今度日本にきたら、二人で一緒に暮らそうな』

そのメールを見たときは顔が真っ赤になっているのが自分でもわかって、思わずベッドに潜《もぐ》り込み思いっきりジタバタしてしまった。考えてもいなかったけれど、そうなったらどれほど嬉しいだろう。どんなに楽しいだろう。そして、善光はそのために一生懸命バイトをしてお金を貯めているという。

ハルも来日までの日々、せっせと家庭教師のバイトをして貯金をした。日本は物価が高いからと母親に言われていたし、自分でも去年三ヶ月暮らしてみてそれは実感している。それでも、善光と二人で暮らすという話は、とても心躍《おど》る計画だった。

（きっと大丈夫。二人ならうまくやれるもの……）

期待に胸がいっぱいのハルが着陸に備え携帯電話の電源を落としたとき、窓の下には雲の切れ間から善光の待つ日本の海岸線が見えてきた。

「ハルく～んっ、久しぶりぃぃぃぃぃっ」

深呼吸し落ち着いて、日本人らしくきちんと挨拶しようと心に決めてゲートを出た瞬間だった。いきなり巨体が駆け寄ってきたかと思うと、ハルを持ち上げるように抱き締めた。

「えっ、えっ、あ、あの……っ、ちょっと……っ」

戸惑ったのは日本人らしからぬ熱烈歓迎を受けたからではない。自分を抱き上げてグリグリと頬を擢《す》り寄せているのが、善光の親友の洋次《ようじ》だったからだ。なぜ善光でなくて洋次なのか。善光はどこにいるのかと周囲を見渡していると、ものすごく不穏な空気を漂わせた誰かが自分をじっと見つめていた。

「えっと、洋次くん、彼は……？」

ひどく恨みがましい視線に頬を引きつらせたハルがたずねると、背後で不機嫌さを隠そうともせずに仁王立ちしている女の子のような少年を見て、洋次が慌ててハルを床に下ろした。そして、彼を自分の横に引き寄せると、照れたように紹介してくれる。

「あの、彼はケイタくんといって、俺の、その、なんだ……」

洋次がちょっとしどろもどろになっているが、その話はちゃんと善光から聞いている。善光と洋次の仲のよさは重々知っているつもりだったが、まさか善光がハルに会いに渡米している間にこんなことになっているとは想像もしていなかった。

あんなに「彼女がほしいっ」と声をかぎりに叫んでいた洋次なのに、目の前にいるのはハルと同じ男だ。おまけに童顔というところも似ている。でも、ハルよりはハキハキと自己主張ができるタイプのようだ。

洋次の恋人ならぜひ仲良くしたいと思い握手の手を出そうとしたが、ケイタはちょっと拗《す》ねたように洋次にせっついている。

「ねぇ、それって何？　僕、ちゃんと紹介してもらえないわけ？」

「そ、そんなことないよぉ。ケイタくんは俺の大事な……」

そこまで言ってまた照れたように言葉を迷っている洋次だったが、はっきりしない彼の肩を叩いたのはケイタではなかった。

「面倒な奴だな。はっきり言えよ。恋人だってな。ハルだってとっくに知ってるよ」

そう言いながらハルの目の前に現れたのは、さっきまでうっとりと眺めていた写真なんかよりずっと男前の善光だった。

「善光くんっ」

思わず飛行機の中での決意も忘れ、嬉しさのあまり飛びつきそうになってしまう。が、それを押しとどめたのは意外にもハルの理性ではなかった。

「ハル、よくきたな。待ってたよ」

そう言って善光がさっと手を出す。心を落ち着けて会釈《えしゃく》とともにその手を握り返すと、体がぐっと引き寄せられて善光の胸とハルの肩がしっかりと触れ合う。それは恋人同士の抱擁ではなくて、男同士が再会を喜び、友情を確かめ合うポーズだった。さらに、善光はハルに向かって笑顔とともに詫びる。

「ごめんな。ちょっと携帯が鳴ってさ。ここは人が多くて話しづらかったから、外に出てた」

ゲートを出て最初に顔を合わせるのが洋次とはハルも予測していなかった。でも、携帯にかかってきた電話が大切なことなら仕方がない。ハルが「気にしないで」と首を横に振ってみせる。

それにしても、数ヶ月ぶりに会う善光が思っていたよりずっと大人っぽくなっているのに驚いていた。それはすっかり浮き足立って、恋人に会える喜びに舞い踊るハルの気持ちを落ち着かせるには充分すぎるほど。もともと年齢以上に見える渋い面立ちだったが、それがなんだかさらに引き締まって凛々《りり》しくなっている。それに、このスマートなうえ堂々とした態度はどうだろう。

去年の夏までは互いが「魂の双子」と呼び合うほどに、善光と洋次はやることとも考えることとも似ていた。なのに、隣で洋次とケイタが痴話喧嘩《ちわげんか》しながらも結局はイチャついている姿を見ると、なんだか善光がとても大人に見える。

「疲れただろう。親父もオフクロも待ってるから、まずはうちでゆっくりしろよ」

そう言うと、ハルのスーツケースを抱えて駐車場へと案内してくれる。

「車なんですか？」

てっきり前のようにバスを使うのかと思ったら、善光は冬休みに免許を取ったと日本の免許証を見せてくれた。日本では北米と違って運転免許を取るのにお金も時間もかかることは知っている。免許は取ったものの車はまだ買えないので、今日は父親の車を借りてきているそうだ。

「これからは車のほうが便利なときもあるしな」

そんな善光の言葉を何気なく聞き流してしまったのは、ハルの重たいスーツケースを軽々とトランクに入れて運転席に座った善光に見とれていたから。

（うわぁ、どうしよう。前よりもずっとカッコよくなってる……）

そう思うと、走り出した車の助手席からチラッとその横顔を見ただけで頬が熱くなりそうだった。そのとき、後部座席から洋次とケイタの浮かれた会話が聞こえてきて、ハッと我に返って苦笑を漏らす。洋次のほうは全然変わっていないようで、それはそれでちょっと安心してしまう。

でも、どうしてだろう。落ち着きのある善光はとてもステキなのに、このときハルはなぜかちょっとだけ寂しいような気持ちになったのだった。

◆◆

ほぼ一年ぶりに神田《かんだ》家に戻ってくると、善光の父親と母親がまるで留学していたわが子を出迎えるように玄関先で抱き締めてくれた。

「ハルくん、おかえり～」

洋次といい善光の両親といい、もしかして近頃は日本でもこういう挨拶が当たり前なのだろうかと考えてしまう。ハルは日本人なのにアメリカで生まれ育ったせいで、日本人らしくしようとしてかえって日本人らしくなくなってしまうことがある。

それでも、その言葉の温かさをよく知っている。英語の「ハロー」とは違う。「おかえり」は大切な家族を迎える言葉なのだ。そして、ハルにとってはなによりも嬉しい歓迎の言葉だった。

「またしばらくお世話になります」

ハルがアメリカのお土産を渡しながらペコリと頭を下げると、二人は「しばらくと言わず、ずっといればいい」と何度も言ってくれる。嬉しいけれど甘えてばかりはいられないし、ハルには善光との約束がある。そのことをどうやって説明しようかと思っていたら、ハルの荷物を二階に運んでリビングに戻ってきた善光が両親に向かって言った。

「その件だけど、前にも言ったとおり二人で部屋を借りて暮らすから」

もちろん、善光の両親はまだ二人の本当の関係を知らない。それでも、実家から通えるのにお金の無駄だとか、身の回りのことも男二人できちんとできないだろうとか、勉強がおろそかになるとか、親なら心配して当然のことばかりを並べて反対する。

北米と違い日本では社会人になっても実家暮らしの若者が多いのが現実で、それはやっぱり物価の高さが大きな理由になっていると思う。

「だいたい、善光は昔からなんでも考えなしのところがあるのよ。今度だって、本当は一人暮らしに憧れて言い出しただけでしょう。でも一人じゃ親を説得できないから、ハルくんを巻き込んでいるだけじゃない。ねぇ、ハルくんからもなんとか言ってやって」

善光の母親の手厳しい言葉に、ハルとしては答えに困る。何か言うどころか、この計画にはハルも加担しているというか、善光の考えにハルが賛成して二人で決めたことなのだ。

「あの、お母さん……」

ハルが事情を説明しようとしたが、そのときも善光が先に口を開いた。

「これは二人で相談して決めたことだ。で、明日部屋を見にいく予定だから」

善光が言うには、今日ハルを飛行場まで迎えにきたとき不動産会社から電話が入って、頼んでいた希望に見合う物件に空きが出たという連絡をもらったそうだ。ハルがゲートを出たときに善光が外に出て電話で話していたのは、その件についてだったらしい。

「何言ってるの。ハルくんは今日着いたばかりなのよ。あまりにも急すぎるでしょうが。まったく、あんたは昔から思い立ったら後先考えずに突っ走るんだから。それも一人でならいいけど、ハルくんも一緒だなんて心配だわ。ねぇ、お父さんも反対でしょう？」

ハルが味方にならないとわかると、今度は夫に自分の援護を求めている。善光の父親もやっぱり反対なのかと思ったが、返ってきたのは意外な言葉だった。

「まぁ、男ってのは自分のやれることを試してみたくなるもんだ。俺だって、大学に入った歳には都会に出て下宿生活を始めたもんなぁ。金がなくて食べられないときもあったけど、そういうときは下宿のおばさんが喰わしてくれたり、悪友どもが助けてくれたり……」

「お父さんのことは聞いてないのっ。第一、時代が違いますっ。それに、下宿じゃなくてアパートを借りるって言ってるのよ、この子たちはっ」

母親の心配が小言になって炸裂《さくれつ》したところで、善光がハルの腕を引っ張って二階に連れていく。

「あの、お母さんは反対みたいですね、僕たちが部屋を借りること……」

階段を上がったところでそう言うと、善光は小さな溜息を漏らして呟いた。

「まいったな……」

その口調が本当に困っているように聞こえて、ハルは急に不安になった。もしかして、善光も今回の件を重荷に感じているのではないだろうか。そういえば、空港で再会したときからどうも善光の態度が以前と違っていた。その落ち着きを大人になっただけかと思ったが、もしかしたらそうではないのかもしれない。

それは、ハルが一番考えたくはないこと。善光はハルへの気持ちに醒《さ》めてしまったんだろうか。洋次があんなにもケイタと楽しそうにはしゃいでいたのに、善光は久しぶりのハルとの再会でも全然はしゃいだところがなくて、あまり嬉しそうに見えなかった。

「オフクロのことは心配しなくていいよ。俺がちゃんと説得するから。それより……」

そう言うと、善光はハルの手を引き自分の部屋へと連れていく。それより、何を言おうとしているのだろう。空港に着いてからずっと早く二人きりになりたかった。けれど、なんだか悲しいことを言われそうで急に二人になるのが怖くなった。だが、善光の部屋に入るなり、彼の腕がハルを抱き寄せる。

「善光く……ん？」

好きじゃなくなったのならどうして抱き寄せるのだろう。ハルは少し混乱しながらも、不安に震える声で名前を呼んだ。すると、善光の腕の力がさらに強くなって、ハルの体は身動きできないほどになる。

「ハル、ハル……ッ。会いたかったっ。ああ……っ、俺、もうこれ以上一人でいたら駄目になっちまうかと思うくらいおまえに会いたかったよ」

せつない言葉とともに、善光の唇がハルの脳天に押しつけられる。

（え……っ？　あれ……っ？）

もう好きじゃないと言われるのかと思ったのに、そうじゃなかった。困惑したハルがそっと善光の顔を見上げてたずねる。

「あ、あの、本当に？　僕、善光くんに会いにきてよかったんですか？　一緒に暮らすっていう話、迷惑じゃないんですか？　約束したからって、無理しないでくださいね。お母さんもあんなに反対していたし……」

「はぁ？　なんで？　そんなわけないだろっ。オフクロはハルが可愛いからうちにいてほしいだけなんだよ。まぁ、気持ちはわからないでもないけど、でも俺はもう一日だって待てなくて、ハルがきたらすぐに部屋を見にいこうって決めていて、それでちょっと先走っちまったけど不動産屋も回って頼んでおいたし、姉貴の友達とか先輩からいらない家財道具とか家電ももらう約束しておいたんだ。引越しだって自分で運べば、その分節約できるしな」

「そ、そうなの。そんなことまで……」

ハルがくる前にやっていてくれたなんて思わなかった。そして、そのときハッと気づいたことがあった。

「じゃ、あの、運転免許もこれからの生活のためですか？」

「だってよ、ハルは同じ歳でももう大学で教えたりして一人前なのに、俺はまだ学生で半人前だし、せめて自分ができることでハルを支えていかなきゃって思って……」

そうは言ったものの、善光は目を丸くして驚いているハルの顔を見ると、急に天井を仰ぎながら額を手のひらで叩く。そして、一度大きく深呼吸をして言った。

「ごめん。やっぱりオフクロの言うとおりかもな。ハルと一緒に暮らすためにいろいろと頑張らなきゃって思ってたけど、なんか空回りしてたかもしれない。そうだよな。まだ着いたばっかりだしな。時差ボケもあるだろうし、明日部屋を見にいくのはやめてもいいよ。俺から不動産屋に電話しておくし……」

「善光くん……」

ハルはここにきてやっと安堵《あんど》の吐息を漏らした。やっぱり、善光は善光だと思ったからだ。

いつか洋次がハルに教えてくれたことがある。

『親友の俺だから言えるけど、こいつは馬鹿がつくくらい律儀な男だ。いや、律儀すぎて馬鹿といってもいいな。つまり、どう転んでも馬鹿だってことだな』

正直、最初はどういう意味かよくわからなかった。洋次の言葉はハルが習った日本語とは少しばかり違っているのか、聞いたあとにしばらく考えてしまうことがよくあるのだ。だが、今はもうその意味がよくわかる。ようするに、善光という人間はいまどき珍しいくらい誠実なので、要領のいい人から見れば馬鹿にも見えるという意味なのだろう。あれは親友である洋次の最高の褒め言葉であって、ハルも善光のそういうところが好きになった理由の一つだ。

それなのに、彼を一瞬でも疑ってしまった自分が恥ずかしい。この半年の間、善光はハルと一緒に暮らすために一生懸命努力して、やれることはなんでも頑張って、それでこんなにも大人の男の顔になっていたのだ。

それに比べて、浮かれきっていたのは自分のほうだ。北米と日本では事情が違うこともわかっていたはずなのに、ハルは善光に会えることだけで胸をいっぱいにしていたのだ。

目の前では己の力の足りなさに肩を落としている善光がいるが、ハルにはそんな彼がとても愛しかった。自分が好きになった人は、やっぱりとてもハンサムで男らしいと思った。

「明日、一緒に部屋を見にいきたいです。僕も一日でも早く善光くんと一緒に暮らしたい。大変なことはたくさんあると思うけれど、それも二人で考えてお父さんやお母さんに相談して決めていきましょう」

北米では自分の意思をはっきり言えないといけないし、日本では周囲との調和を守っていかなければならない。善光とハルは海を越えて知り合い好きになったから、そのどちらも大切にしたいと思う。そして、善光が好きだという気持ちは、初めて彼を意識した日から強くなることはあってもけっして揺るがない。善光はいつだって、ハルがなりたい理想の男の姿なのだ。

ハルは自分からしっかり善光に抱きついて、彼の凛々しくなった顔を見上げて言った。

「僕も善光くんに会いたかったです。毎日が寂しくて、離れていることが辛くて、メールを打ちながら何度も泣きたくなりました」

善光がメールで「太平洋が邪魔」とか、「太平洋が憎い」などと書いてくるたびに、ハルはモニターの前で笑いながら泣いていたのだ。

二人の気持ちは何も変わっていない。互いが大好きで、一緒にいたいという思いが強すぎたから、離れ離れでいることが不安だったのだ。日本とアメリカにいてもメールやスカイプで話していたけれど、こうしてそばで顔を見ないとわからないこともある。だから、これからはそれを一つ一つ埋めていけばいい。

大切なのはただ一つ、互いを思う心だけ。それさえあれば、きっと二人の未来は一本の道の上で続いているはずだ。

翌日、ハルは善光に連れられて部屋を見にいった。

「日当たりもいいですし、最寄《もよ》り駅までも十二分ならそう悪くないですよ。家賃も相場と比べればけっして高くないですしね」

善光が都内の電車のマップをハルに見せて、ここからならどちらの大学までも電車で三十分以内だと教えてくれた。アメリカの中ではサンフランシスコは住宅事情がよくない。坂道が多いせいだが、東京はその比ではない。それでも、善光と二人で新しい生活を始めるのに、この２ＤＫは充分だと思う。

水回りは全部リフォームされていて気持ちがいいし、角部屋なのでベランダも少し広めなのがいい。プランターを並べて花を育てれば、庭がなくても自然を楽しめるだろう。

善光も気に入っているようだし、ハルも文句はなかった。それでも、不動産屋の営業の人は鍵を善光に渡すと、存分に検討してから鍵を閉めてすぐ近くにある店に寄ってくれればいいと言って先に帰っていった。

「日本が安全で平和だと実感します」

鍵を預けられた善光を見てハルがしみじみ言った。アメリカの都心では家の鍵を客に預けて先に帰る業者などいない。

「そのかわり、いろいろと面倒もある。敷金や礼金もあるし、保証人はいるし、ここに住むにしても家具は全部用意しなけりゃならないんだ。まぁ、エアコンが一台ついているのはラッキーだったけどな」

前に住んでいた人が残していったものだが、契約したあかつきにはもちろん有難く使わせてもらうつもりだ。善光はなんにもない部屋の真ん中に立って、不動産業者からもらったチラシを眺めている。ハルのそばに行くと彼の腕にそっと手を添えて言った。

「僕にはまだ日本のことがよくわからないから、善光くんがいいと思うなら僕もここでいいです」

善光はしばらく目を閉じて考えていたが、ハルのほうへと向き直ると笑って頷《うなず》いた。

「そうか。よし、じゃ、ここにしよう」

善光のその一言でここが二人の新居に決まった。ハルにとっては日本での最初の生活の場所だ。そして、大好きな善光と暮らす場所になると思うと、なんだか胸が甘酸っぱい気持ちでいっぱいになる。もちろん、経済的なゆとりがあるわけでもないが、一緒に暮らしたいという強い気持ちがあるかぎりきっとどうにかしていけるだろう。

そして、ハルは善光に向かってペコリと頭を下げて言った。

「これから、よろしくお願いします」

すると、善光のほうもペコリと頭を下げて言う。

「こちらこそ、よろしくお願いします」

恋人同士らしくない挨拶を交わした。でも、これは人として当たり前のこと。それから、にっこりと笑った善光がハルの腕を引いて自分の胸に抱き寄せる。これは恋人としての抱擁。ハルも善光の胸にすっぽりとおさまる感覚に、言葉にならない心地よさと幸せを感じていた。大きな胸とたくましい腕は誰よりもハルに安心と幸せをくれる。だから、ずっと離れたくはない。

ハルが顔を上げたら、善光の手が顎にかかって唇が重なってくる。すごくドキドキしながら、キスだけじゃなくてもっと近く深く善光を感じたいと思う。善光も同じ思いなのか、唇を離した瞬間に自分の手で顔を覆い「ヤバイな……」と呟いていた。でも、ここではさすがに何もできないので、二人は早々に部屋を出た。

その日のうちに部屋の契約をして実家に戻る途中、善光がメールで洋次に近々ハルと一緒に家を出ることを伝えていた。洋次からは妬《ねた》みやっかみ丸出しのメールが返ってきたと、それをハルに見せながら笑っていた。

「ママゴトじゃないいんだ。俺たちはマジで一緒に生きていくんだからさ」

善光の呟いた言葉は電車の中の雑音に紛《まぎ》れていてもはっきりと聞こえ、ハルはこの半年を振り返って苦笑が漏れた。アメリカの家族にもゲイである自分を認めてもらい、解放された気分で初めての恋に浮かれていた。なのに、善光は反対にこの恋のために大人になろうと頑張っていたのだ。

自分たちはまだまだ未熟で、足りないことや知らないことだらけの人間だ。それでも、二人が一緒にいることで補って支えあっていければいい。そう心に誓ったハルは隣に座る善光の横顔を見つめ、自分が好きになった人は本当ステキな人なのだとあらためて確信するのだった。

# あとがき

カナダの友人と電話で無駄話をするのが息抜きの小川です。双方ともスカイプの環境がありながら、未だに無駄話は電話でします。そのほうが電話の子機を片手に雑用ができるから、罪悪感が少ないのかもしれません。国際電話をしながらトイレ掃除とか、床のモップがけとか、有効に時間を使っています。

ところで、毎年この時期はカナダのほうが断然寒いはずなのに、今年はなぜか日本のほうが寒い日もちらほらと……。確かに、例年より冷え込んでいる気はしますが、どうにか風邪もひかず頑張っています。仕事も滞ることなく、二〇一三年は順調な滑り出しです。

さて、今回のお話の挿絵は花小蒔朔衣先生に描いていただきました。可愛いハルはまさに「可愛い」の一言。善光は悩みながら成長していく姿を男らしく描いてくださいました。お忙しいスケジュールの中、本当にありがとうございました。

お話の中では春になり、二人が再会して一緒に暮らしはじめるところまで書きました。この先も同じ未来を見つめて、手を繋ぎながら生きていってくれると思います。本書を読んでいただけた皆様にも素敵な春が訪れますように……。

二〇一三年　二月

小川いら

✦初出　ハル色の恋……………書き下ろし
　　　　ハル色の幸せ…………書き下ろし

小川いら先生、花小蒔朔衣先生へのお便り、本作品に関するご意見、ご感想などは
〒151-0051 東京都渋谷区千駄ヶ谷 4-9-7
幻冬舎コミックス　ルチル文庫「ハル色の恋」係まで。

幻冬舎ルチル文庫

ハル色の恋

2013年3月20日　　第1刷発行

| | |
|---|---|
| ✦著者 | 小川いら　おがわ いら |
| ✦発行人 | 伊藤嘉彦 |
| ✦発行元 | 株式会社 幻冬舎コミックス<br>〒151-0051 東京都渋谷区千駄ヶ谷 4-9-7<br>電話 03(5411)6432[編集] |
| ✦発売元 | 株式会社 幻冬舎<br>〒151-0051 東京都渋谷区千駄ヶ谷 4-9-7<br>電話 03(5411)6222[営業]<br>振替 00120-8-767643 |
| ✦印刷・製本所 | 中央精版印刷株式会社 |

✦検印廃止


ISBN978-4-344-82794-3　C0193　Printed in Japan